·文脉中国散文库·

解读幸福

陈绍平 / 著

中国文联出版社

图书在版编目（CIP）数据

解读幸福 / 陈绍平著. -- 北京：中国文联出版社，2018.6（2023.3 重印）

ISBN 978-7-5190-3699-7

Ⅰ.①解… Ⅱ.①陈… Ⅲ.①散文集—中国—当代 Ⅳ.①I267

中国版本图书馆 CIP 数据核字（2018）第 118837 号

著　　者　陈绍平
责任编辑　闫　洁
责任校对　乔宇佳
装帧设计　中联华文

出版发行　中国文联出版社有限公司
地　　址　北京市朝阳区农展馆南里 10 号　　　邮编　100125
电　　话　010-85923025（发行部）　　　85923091（总编室）
经　　销　全国新华书店等
印　　刷　三河市华东印刷有限公司

开　　本　710 毫米×1000 毫米　　1/16
印　　张　14.5
字　　数　133 千字
版　　次　2023 年 3 月第 1 版第 2 次印刷
定　　价　75.00 元

人生感悟

人生，无论是痛苦还是欢乐，都在于心的感受。痛苦的事情，最深莫过于心有余而力不足，眼看着往事已成云烟；幸福的事情，最大莫过于历尽千辛万苦，终于好梦得圆。人生，宁可现在多吃些苦，千万不要后悔当初。

生命是一种缘分，你刻意追求的未必能得到，你努力追寻的未必能获取。生命中的灿烂，人生中的辉煌，往往不期而遇，尽在偶遇。我们能做的就是尽心尽力，得到是一种幸运，得不到也是一种幸运。因为尽心，我们总有收获，因为尽力，我们总有进步。得失是一种心境，幸福也是一种心境。无常的人生，自己才是永恒幸福的主角。

……

平平淡淡才是真

——读陈绍平的《解读幸福》

“当你一个人的时候，和书交谈，和笔交谈，和音乐交谈，和春天交谈……”他说。

此刻，我听到了他和自己交谈的心声。关于人生，他说：“面对盎然的春意而沉湎于冬日般失意的冥想之中,实在是对生命的一种不负责任的挥霍。”关于事业，他说：“不是我征服了山峰，而是山峰把我们托起来，让我们看到了最美丽的风景。”关于幸福，他说：“生活中我们不是缺少幸福，而是缺少一颗能感受和解读幸福的心。”于是，他干脆把这本随笔集命名为《解读幸福》。

这是一个人喃喃自语或娓娓道来。他采撷自己在日常生活中的所思所悟，热忱，率真，且朴实。没有华美的文辞，却不乏感染读者的诗情；没有动人的细节，却充满启人心智的哲思。由此，我相信，收入此文集中的作品，是作者本人人生历练与心灵遇合的必然结果。陈绍平先生行伍出身，在部队多年，边关霜冷，海疆风热，他参加过高平、谅山自卫反击战，后转业地方，长期在基层工作。这些丰富的生活阅历使他对人生、对幸福有了更多更深的思考。

虽然和绍平先生只接触过几次，但他给我留下了为人热情、义气、洒脱的印象。他看似平常的外表下蕴藏一颗炽热敏感的心，这颗心也跳动在平易的文字之下，它令文字有了脉搏，有了温度，有了表情。读着这本文集，感受着他对人、对社会、对大自然的那种真挚、宽容、博爱，其实也就深入地结识了他。

“慈悲没有敌人，智慧不起烦恼。”这是一种高深的人生境界。也许，它也是一种阔远的写作境界。

（刘华江西省文联主席、著名作家）

目　录

第四篇　人生思絮

第一篇

解读幸福

生活中，我们不是缺少幸福，而是缺少一颗能感受和解读幸福的心。幸福就在你的身边，幸福就在你的脚下，不必舍近求远，而是俯拾即是。你找到了吗？

解读幸福

幸福是什么？不同的人有不同的看法，让一千个人来回答，就会有一千种答案。幸福一词比较抽象、不具体，尤其是无法用科学语言表述。近年来，社会上出现了用幸福指数对幸福进行科学表述的做法。我认为，这本身就不科学。

幸福指数的概念起源于三十多年前，最早是由不丹国王提出并付诸实践的。《辞海》给“幸福”下的定义是：心情舒畅的境遇和生活。“指数”在辞典中解释为：某一经济现象在某时期内的数值和同一现象在另一个作为比较标准的时期内的数值的比数。指数表明经济现象变动的程度。幸福不是经济现象，如果非拿指数去套，显然有点儿牵强附会。

人类的幸福最初来自感官的感受，后来有一部分上升为思维。归纳或演绎让回忆和憧憬也有可能变得幸福。幸福没有一个固定的尺度与衡量标准，不同的人对幸福的理解不同，感知不同，所体会到的幸福感也不一样。

幸福的对比是苦难。没有经历过饥饿，就不会认为饱餐一顿是幸福；当在太阳下曝晒时，有一丝阴凉或有一顶草帽就是最幸福的。幸福其实就是一种心境；不羡慕他人拥有的，只珍惜自己拥有的，正所谓知足常乐。

平淡是福。幸福是自己内心的感受，不需要别人认同。病床前的一束鲜花，口渴时递来的一瓶矿泉水，疲惫时朋友的一声问候，都能让你欢喜。我认为，这就是幸福。真正的幸福是来自内心的温暖，不是以财富、权力、荣誉和征服来衡量的。

平凡是福。生活中到处都是幸福的颗粒，我们需要的是一双寻找幸福的眼睛和快乐的心灵。有时，幸福也许就是一杯淡茶、一碗热汤，或者是一轮美丽的落日。也就是这些小小的幸福，让我们的生活充满乐趣，活得有滋有味，让我们对生命更珍惜，更眷恋。当然历史的经验也告诉我们，普通人容易感到幸福，而富人却不太容易做到，原因是富人在不知不觉中提高了幸福的标准。

平安是福。人生，总有大起大落，你也许家财万贯，也可能一贫如洗，但平安的我们，才是人生中最幸福的。作为平常人，不奢望大红大紫，不祈求大富大贵，只求心安、体安、理安。只有平安之路越走越宽广、越走越敞亮，多彩的梦才会化作绚烂的现实。

其实寻找幸福的方法很简单：你只要找个地方静静坐下，闭上眼睛，慢慢做轻松的深呼吸，任凭大脑开始想象“幸福”的地方。那里或者山清水秀，鸟语花香；或者月光如水，星辰灿烂。然后，你仿佛置身美丽的风景中，享受到一种无欲无望的安宁，这就是幸福。生活中，我们不是缺少幸福，而是缺少一颗能感受和解读幸福的心。幸福就在你的身边，幸福就在你的脚下，不必舍近求远，而是俯拾即是。你找到了吗？

留住平凡

选择平凡，是社会中芸芸众生的必然归宿。罗曼.罗兰说过：“你的使命是做一个人。”如果命运注定了你的平凡，你能乐意做一个平凡的人吗？扭曲了的平凡，是不做任何努力和固守，便放弃对美好生活的追求；真正的平凡，是把信念当作永远的风景，用毕生精力和心血不屈不挠地去接近她。

拥有平凡，让平凡的日子酿成岁月中的和风细雨，酿成清新淡雅的诗歌，酿成两心相悦的爱情故事，留待心静如水的夜晚，或灯下咀嚼，或拥被细品，静候又一个明天从黎明启航。

拥有平凡，才会拥有精神的充实、升华，才会拥有永驻心中的美丽和快乐；拥有平凡，才会沉得住气，不随波逐流，不盲目行动。

纵身投入每一个日子，平凡可以，但平庸不甘。认准目标，执着进取，在激烈的竞争中成长，在艰苦

的环境中成熟，默默奉献于岗位，任生命之火点燃无尽的忙碌与艰辛，在平凡的岗位上，创造不平凡的业绩。笑傲平凡的人，永远会矢志不渝，以不倦的操守和乐观情愫漾起脸上的笑容。笑傲平凡的人，会以一颗本真之心，去生活，去耕耘，去做人。

既然我们选择了平凡，那么我们就永远把她——平凡，留在我们身边，为之坚守。

生命的底蕴

（一）

地球上自从有了人类，也就有了生命可言。尽管人们对生命的理解各有不同，但生命本身总是在超越自我、相互矛盾和克服困难中存在和发展。因为生命之力，是一种非凡之力，是一种雄霸宇宙，充满健康向上和青春永驻的活力。

（二）

人类总希望自己的生命永恒。其实，生命的长短对生命本身并不重要。关键是如何把握在有限的人生里为人类做更多的事情。前几年，台湾女作家三毛自缢身亡，曾引来人们一片惋惜。其实三毛或许自己认为作为有意义的生命已经走到尽头，再继续延伸，也只能是躯壳之苟然。自动扯下生命之帆的智者比比皆是：海明威、普希金、法捷耶夫……

“有的人活着，他已经死了；有的人死了，他还活着。”臧克家的著名诗句，我想是对有意义生命的最好诠释。

（三）

衰老不属于生命本身，衰老的只能是肉体。文坛巨擘巴金，虽近百岁，却仍用一支不倦的笔写下洋洋万言“说真话的书”，剖人剖己，真诚无比。文坛女杰冰心，在她九十高龄的时候还多次告诫身边的亲友：“我需要进步，需要别人不断给我提出缺点和不足。”可见，他们的生命永远年轻。

补张结婚照

星期天，和妻子散步。路过一家照相馆，看到了橱窗里的年轻人喜气洋洋、兴高采烈披着婚纱的结婚照，不禁打心眼里羡慕他们赶上了好时光。

现在，拍张穿礼服、披婚纱的彩色结婚照，已成为一种时尚。可当年我们成婚的时候，一是没有这个条件，二是容易使人产生错觉，刻意追求，会被认为思想上有毛病。我和爱人在部队结婚时，是在北方一个小镇登记，住在连队临时整理的仓库，两张单人床，两床绿军被合到一起就算成了家，当然也就不会想到留张像样的结婚照。其实，当时远离都市的军营也没有这种条件，就更别提穿西装打领带披婚纱了。

时光流逝，不知不觉，我们都已步入中年。也许是受时下美好生活环境的熏染，也许是想重温我们往日的恋情，展现一下结婚时的风采。总之，不补这张结婚照，我们总觉得生活中好像缺少了什么，也有愧对贤妻的疚意。

经过商议，我们决定在结婚纪念日补拍一张结婚照。那天，我们穿上崭新的军装，带着孩子来到了照相馆。摄影师看到我们这对中年夫妻来补拍结婚照，非常热情，拿出好几套礼服和婚纱让我们挑选，还为我们精心化妆。面对耀眼的聚光灯，我们依偎在一起，孩子还不停地为我们当导演：“妈妈笑一笑，爸爸别闭眼……”随着摄影师的“咔嚓”声，我们找回了喜悦和遗憾。重新能抚摸到因拍婚纱照而产生的另一种幸福感！

取回照片一看，虽然额头上的皱纹多了，偶尔还有一两根银丝，但情调还挺浪漫。照片经过放大挂在卧室里，使我们感到家庭的和谐与温馨，爱情的甜蜜在我们的小天地里时时得到展现，我们又仿佛年轻了许多。

我想，生活是不是有点像咖啡，需要加点糖，那味道才越发香浓；是不是像读一本书，常常温故才知新。

盼书

我的童年是在偏僻的小山村度过的。上学后，尽管就读的学校旁边有一条弯弯曲曲的公路，但公路旁边没有书店。学校里上课，大部分是读“语录”，加上在那特殊的年代，要找一本好一点儿的书，是比较困难的。

记得第一次看到的文学作品，是杨沫写的《青春之歌》，那还是放暑假到舅舅家做客时从杂物间里找出来的，当时还属“禁书”。我偷偷摸摸关起门看了一个星期。虽然对书中的内容不是很懂，但书中主人公的所作所为我是十分崇拜的，他们追求真理、向往自由、热爱生活的精神，深深地感染着我。翻着散发着油墨香的书籍，我心里甭提多高兴了。

上初中后，我和几个要好的同学到县城去见世面，下了车闲逛。忽然，一道诱人的风景映入眼帘：新华书店里摆着一排排玻璃柜台，里边陈列着各种颜色不一的书籍。我跑过去，蹲在柜台边，把脸紧紧地贴在玻璃上，细细地欣赏着每本书的封面。那时，我多想做名售货员，天天可看好多好多的书。可当时家境贫穷，想买书，身上又没有钱，直到新华书店关门，我才带着遗憾和恋恋不舍的心情离开了玻璃柜台。

放寒假了，公社供销社成立了小山竹收购站。我喜出望外，这无疑是条生“财”之道。我起早贪黑地上山钻竹林、爬田畦，收获很大。寒假结束，我用小毛竹换来了15元钱，这在当时可是个不小的数目。揣着用汗水换来的钱，一种从未拥有过的幸福掠过心头。我兴冲冲地又一次去县城新华书店，一下子买来了20本书，回到家后，小心翼翼地用牛皮纸一本一本地把它们包好，生怕弄脏损坏。

参加工作后，经济上自然有了改善，虽不宽裕，但发工资后要做的第一件事就是买书。天长日久，集腋成裘，终于有了属于自己的家庭“图书馆”成了藏书的“暴发户”。虽然没有存折，没有大件，但我安贫乐道，只要走进我的书斋，我就非常满足。遨游在书的海洋里，有什么比这更幸福的呢？

战胜自我

生活的道路坎坷曲折，我们都能走过，最难走过的还是自我。

有时，因为冲动，你会做出一些蠢事，令人啼笑皆非；有时，你怨自己太没能耐，跟自己赌气；有时，因为取得了一点点成绩，就自我骄傲；有时，遇到一次失败，就说不会再有希望，躲在自我的旋涡里，永远也走不出来。

战胜自我，走出自己，就要接受生活的洗礼。生活中，总会有这样或那样的不如意，前进的道路上，总会有困难和挫折使你垂下辛酸的泪水，但只要经过百折不挠的努力，用生命跋涉在通往理想的征途上，虽然不一定会成功，但既然选择了远方，便只顾风雨兼程。

永驻心中的歌

有一首永驻心中的歌，那就是——《没有共产党就没有新中国》。孩提时代就会唱，长大了才知晓这是一首不同寻常的歌。

一圈圈音符，是历史的太阳与月亮的轮回。当历史将翻开新的一页的时候，我们不能忘却这雄浑激越的歌声，这歌的旋律，是一个民族从站立、挺立到昂首向上的脊梁和灵魂。

常常，我会在这歌声中追溯历史的脚步。南湖红船，井冈翠竹，延安宝塔，八角楼的灯光，西柏坡的山水，北京城的锣鼓都记录了这个民族的坎坷和新生。回眸历史，座座丰碑矗立，而每一座丰碑都是围绕着这首歌的主题。是歌声为我们洗去历史和世纪的残冬寒意，也为我们捧出桃花似火的灿烂春天。

当我们把目光在安徽凤阳小岗村的地头上稍作停留，我们便会体味“没有共产党就没有新中国”这一颠扑不破的真理，是发自人民群众内心的，因为真理和人民的希望要求是永远不可分的。当我们高唱这首热爱的心曲，才有了深圳速度，才有了浦东腾飞；长江三峡也改变了原始美丽，亮出新时代的雄姿；大京九也以它令人惊讶的时速，贯通南北……

这歌声多么嘹亮，这歌声多么雄壮！这歌声告诉世人，天洪地荒，只要有水，只要有船，只要有延绵不息的生命，水砍不断，歌砍不断，脊梁砍不断；生命将扬帆，生命将延续，去迎接新纪元的到来！看，歌声里党旗中又增一簇火红，中国，将更灿烂地远行，世界到处响彻华夏前进的足音。

还是这首歌，在热烈地唱响——《没有共产党就没有新中国》。

成熟

成熟是一种气质，一种境界，一种标志。成熟是一份宁静，一份祥和，一份温馨。

成熟的人，是宽容的。他懂得：人无完人，无意的错误和缺点，总是难免的。宽容别人，就是宽容自己。一味地羡慕、妒忌他人，只能是自我束缚、自我伤害。

成熟的人，是刚强豁达的。他知道：人生的道路，并非处处是鲜花、微笑、掌声和丽日和风，还有荆棘、泥泞、暗礁和雷雨风霜。人生就是一串串挫折、艰辛和磨难的组合。所以，面对一切的不幸，包括失恋、病痛、贫困和失落，他都能坦诚相待，含笑以对。

成熟的人，是知足乐观的。他会在社会的坐标系中找到自己的位置，不会盲目地追逐，狂热地奢求。他会踏实地工作，愉快地生活，不会遐想那不属于自己的富贵浮云。

成熟的人，是积极自信的。世态炎凉，人情冷暖，他能静默以对；尘事纷繁，风云变幻，他能泰然处之。无论何时，他都能在自己的心中拥有一个丰富而广阔的天地，营造一片湛蓝美丽的心灵。

成熟，不是玩世不恭，不是得过且过，不是悲观厌世。成熟是从从容容，成熟是平平淡淡，成熟是快快乐乐。让我们握一手执着，握一手成熟。走向成熟的人，就是走向幸福的彼岸。

成功

成功是对执着者的一种馈赠，成功属于永远不屈服于自己的那颗心。

俗话说：有志者事竟成。可在现实生活中，大多数人立志攀登高峰，虽经过无数次奋斗，无数次追求，无数次拼搏，但一次也没有品尝过成功的美酒。

常言道：失败是成功之母。难道“失败”的十个月就一定能孕育出“成功”的胎儿？难道“有志者”就一定能“事竟成”？也许答案只有两种，是，或者不是。但无论成功与否，都没有必要悲观或骄傲。

“做一百件事情只有一件成功，究竟算是成功还是失败呢？”大部分的人，为了那九十九次的失败而大失所望。然而，仔细推敲，毕竟其中一次是成功的，并非百分之百的失败。一次的成功，表示其他九十九次有再成功的可能。思考及此，将会勇气倍增，产生无限的希望和梦想。千万不要忽视和小看一次的成功，贵在坚持，贵在信心，贵在向九十九次的失败挑战。

“天空没有留下鸟的翅膀，但我已飞过。”泰戈尔老人的话，道出了一个深刻的哲理：凡事重在参与，不在于你留下什么痕迹。人活在世界上，谁都希望成功，但更重要的是奋斗。相传，有一个满脸愁苦的病人问哲人：“活着到底有什么意义？”哲人说：“我至今也没有弄清楚，所以我要活下去。”活着就是为了追求，为了过程，为了奋斗。只有奋斗，才能体现人生的价值。“不要努力成为一个成功者，要努力成为一个有价值的人。”爱因斯坦如是说。即使成功与自己无缘，也不应该后悔，而应在经历一次次挫折后，继续扬起希望的风帆，荡起信念的双桨，矢志不渝地向理想的彼岸划进。即使是一无所得，最终也可以自豪地说：人生，我没有庸庸碌碌默默无闻地虚度。

守住简单

所谓简单，即目标明确、事业专一。生活中没有非接不可的电话，生命中没有非要不可的东西。

只要你愿意享受人生的乐趣，你就会发现，世界上只有极少数消息值得传递，一生中只有一两封信值得花费邮资。在这个世界上，一个人越是有许多东西放得下，便越是富有。衡量一个人有没有境界，就看他的生活是复杂还是简单。有些人生活内容繁杂，但都是些鸡毛蒜皮的小事，整天忙忙碌碌，却未见什么成效；而有些人生活规则很简单，简明的思维、简括的思想、简捷的行动，并以最简朴的常识去认真对付最复杂、最难堪的局面。世间有些事，说到底是极其简单的。如果一个人从生到死总是被裹在复杂之中，就等于一生都掉进了想不清理不明的沼泽中，那能活得潇洒吗？那些脖子上多了一条项链、衣服上多了一枚胸针、头上多了一顶帽子的人，深究一下便会发现，他们都是在完美和荣誉的借口下展现一种累赘，这种人可能终其一生都走不进自己的人生大门。

感悟信任

信任一个人，是一种经验的体现，也是凝聚力量、广纳贤才的基础，更是发挥积极性、创造性的源泉。被人信任，是品行、气质、人格和形象让对方接纳的综合反映。被信任是一种资本，更是一种幸福；而不被人信任，是一种错误，或许是一种误解。不被大多数人信任，多半要从自身找原因。信任是一条彩虹、一座桥梁，它能把人与人之间的距离缩短、阴霾消除、力量凝聚。不被人信任是一种悲哀，更是一种痛苦。获取信任的基础是诚实，失去信任的原因是虚伪，对于诚实守信之人，信任是一张通行证：对于虚伪之徒，信任是一块拦路石，更是一块“心病”。信任像阳光，夫妻之间需要信任，上下级和民族之间需要信任。只要我们袒露心怀、真诚相待，信任之花就会常开不败、永吐芬芳。

善待敌人

草原上的羊群因狼的存在而不断繁衍壮大。现实生活中，要善待你的敌人，你的进步和成熟，是在与敌人的较量中逐步积累的。君不见，造物主从不让处处一帆风顺、事事顺心如意的人成为栋梁，从不让没遇过困难、没遭遇厄运的人成为伟人。

没有天敌的动物往往是最先灭绝的，而腹背受敌者则繁衍至今。大自然的这种论断，在人类社会也被验证得非常惊人。罗马帝国因为没有强大的对手而分崩离析，东方强秦统一不久就迅速覆灭，不能不说也是因为同样的原因。敌人能激发你的生命冲动，敌人能使你沉闷死寂的生活荡出盈盈的波纹。

没有敌人就没有人生的超越，没有敌人的生命就会走向怠惰和没落。回顾你走过的路，你会惊奇地发现，真正促使你成功的不是顺境和优裕，真正能让你坚持到底的不是你的朋友和亲人，真正能激励你让你昂首阔步的不是金钱和荣誉，而是那些常常可以置人于死地的打击、挫折和死神。

善待你的敌人，是他们给你酿造了一个又一个生命的春天。

中年断想

人到中年，少了如花的妩媚，多了几分湖泊般的宁静；少了少年的躁动与狂热，多了几分秋天般的深沉与绚丽；少了年轻时的血气方刚，多了几分成熟、刚强和从容。人生之秋，像地里的老土豆，菜架上的老黄瓜，田间金灿灿的稻谷，山坡上垂挂的软柿子，闻着的是成熟，看见的是硕果，听到的是捷报，这是生命的制高点，睿智豁达，有谋有略，还掌握了生活的技巧，一如赛车进入高速路既平稳又快捷。

但人到中年，也有几分无奈和孤独。因为你现在为人子，为人夫，为人父，为人友，所以工作生活的烦恼和压力也最大。成天要看别人的脸色，避别人的忌讳，求别人的好感，讨别人的欢喜，最尴尬的是不能发脾气。人家十七八岁发脾气，那是“初生牛犊不怕虎”；二十七八岁发脾气，那是不成熟，欠火候；五十七八岁发脾气，那是更年期；七老八十发脾气，那是倚老卖老。而中年人只能把所有的痛苦、所有的气恼、所有的忧愁深深地压在心底，一个人默默地承受。

人到中年，往前看，夕阳无限好，只是近黄昏，老年将至；回头看，是早晨八九点钟的太阳，朝气蓬勃，风光无限，后生可畏；想看破红尘，又尘缘未尽，且万般无奈；自我感觉良好，又觉得没有好的展现舞台；练就浑身解数，又感到劲儿不知往何处使。

人到中年，上不能依老，下不能靠小，责任感特别重。事业的成败、生活的负重，感觉精力一年不如一年，皱纹也悄悄爬上眼角和额头。唯此，才懂得生命的珍贵，需要的是心胸开阔、从容处世，清清淡淡过日子，清于己、清于家、清于人，淡于色、淡于利、淡于势，活出精神，活出尊严。

人到中年，如一轮正午的太阳，炽热、明亮、豪放、仗义，最有正义感，最有主动性，最有创造力，最顾全大局，最无私无畏；它又像一杯浓烈醇厚的老酒和一块拒绝融化的冰，冰沉在酒中，露出尖尖的角，被一只雄健的手把玩着，审时度势，胜券在握。

人到中年，秋色正浓，风光无限。他比年轻人有经验，比老年人有时间。人生的磨炼造就了从容，岁月色彩涂出了本色，时间的流水洗刷出才华。他面对的不再是迷惑彷徨，而是思考和深邃。

在人生的道路上，经过了风雨的洗礼。中年阶段，它是生命中最独特的一道风景线，让生命芬芳无比。

秋天的私语

不知不觉，天气转凉了，树叶枯黄了，燕子南飞了。秋天，就这样悄无声息地、不紧不慢地踩着小碎步蹒跚地来到了。有人说秋天是一首诗，清脆、婉转；有人说秋天是一首歌，美妙、动听。自古逢秋悲寂寞，我言秋日胜春朝。在我看来，秋天是那样不经心地把人生的喧嚣一点点退却，毫不留情又从容自然，像一位淡泊于人生的智者。秋天的思绪里有着悲壮，秋天的私语里有着愁绪，那是懂得观察的人在享受生活的乐趣，是懂得奋斗的人在享受人生成功的喜悦。

茶余饭后，我曾写过人到中年的感悟，那是想比喻人生与四季交替都是同属一种过程，有很多相似之处。人生有幼年、青年、中年、老年之分，自然也有春夏秋冬之定。自然季节是以两星球间保持的默契距离来调节和更换，而人生的季节是以岁月的递增来划定。四季交替，人生苦短。有播种，才有希望；有付出，才有收获。人生之旅就像虚幻的一次性消费，不可逆转，不可轮回，所以人总是那样倍加珍惜，倍加努力，闯出新天地，唱响无悔歌。

我常常在秋天里流连，蓦然回首，那段生机勃发的日子，那段艰辛的人生之旅，有多少感动永存心底，有多少辛酸独自吞下，细数和见证我点滴的快乐和痛苦，都是刻骨铭心的记忆。流逝的岁月，无情的光阴，伴我日出日落，夜月晨昏。当我行走在承载着青春的记忆和梦想中时，才感觉到时间过得真快！青春早已变成了永远的回忆！有种思绪，不管你逃到哪里，它依然缠住你；有种情怀，不管你置身何地，它总是如影随形，永远挥之不去。岁月的碾痕已经深深地铭刻在心里，溶入血液，汇成一体，无法回避。因为，一旦试图回避，同样也会丢失了自己。

在丰收的喜悦季节里，一片片金黄的稻穗羞涩地低垂着脑袋，在蓝天下排成了壮观庞大的喜悦方阵；一个个爱美的苹果姑娘将擦满胭脂的脸扬得老高；还有那柿子也羞红了脸，不好意思地唱着丰收之歌。人生之秋何尝不是如此，它比春天更美丽、更灿烂。秋日闻着的是成熟，看见的是硕果，听到的是捷报。而对于步入人生之秋的中年人来说，也正是雄鹰展翅，风华正茂。他乐观、从容、豁达、成熟、睿智和坚忍，构成了一幅幅人生之秋的美丽图画。人生之秋的中年人懂得在生活的疲惫和工作的重压下找到一处心灵的宁静，懂得在纷扰的尘世中抵挡一份诱惑，懂得在竞争的潮流中超越自我、珍惜生命的每一段芬芳。

秋，给了我们无尽的遐想；秋，蕴含着人生的真谛。只有读懂秋的人，才能读懂生活，感悟人生。

野草

星期天，和朋友路过广场的草坪时，看见许多园林工人在拔野草。朋友说："你看那些野草长得就是比人工培植的草好。"的确，几个月前我们看着园林工人是如何下功夫培植草坪的，而且这些日子还专门请人浇水、施肥等。可是当培植的草好不容易开始抽绿的时候，野草却不请自来似的，一棵棵茁壮成长，青葱茂盛，硬是超过了人工培植的草。春风里，野草在风中摇曳撒欢儿，生机盎然；烈日中，野草在阳光下昂头不屈，郁郁葱葱。野草，展示着生存的快乐，静默在生命的快意中。只要有了泥土和阳光、雨露，野草不择环境、地域。春天一到，孕育了一冬情怀的它就已经开始抑制不住地兴奋起来，极力渲染着春天的气息，烘托着自然的生机。野草的生命力是最具自然的张力。

然而，园林工人将野草一棵棵拔起，然后挽成一把抛向炙热的水泥路。野草在空中划了一道弧线，就静静地躺在烈日下，慢慢地枯萎死去，倒也有一种壮烈的美。

我们急步行人阴凉处，喝口矿泉水，清清暑。朋友说，野草的生命力之顽强，中学时代的课文里就有云云。我说可它生得不是地方，只有被毁灭的命。朋友不同意我的说法。他说，那块地本就是荒地，是属于野草的，只是城市发展才建成草坪，那些人工草才是鸠占鹊巢。我笑朋友，你这是妄加罪名，那些人工培植的草也是无辜的，它们也许本不愿意在那儿生长，只是迫于人的安排。朋友不免同情起那些野草来，如同弃儿，被人抛弃。我说草就是草，不是人，不必太在意了。朋友坚持说草也有生命，有生存的权利，不能任意被人剥夺，我们现在不是提倡低碳生活、绿色发展、爱护大自然吗？以前不是毁林毁草才出现沙化吗？我说这不是毁草，人们还在植呀，你到大城市去看了，也说那里的草坪美呀！如果野草长在那里又有什么美的？我们的争论各有道理，谁也说不服谁。

傍晚，我们又来到草坪附近，野草已经清除干净，无一棵杂草的翠绿的草坪确实很美。无意中，我意外发现梧桐树旁的野草没被铲除，而且还是狗尾巴草—我们儿时最爱用它来编蛐蛐笼。狗尾巴草勾起儿时许多的故事，也让我如同回到童真时代。回头看，我们发现野草原来也是很美的。野草是值得赞赏的：生命力顽强，不需养护，不怕踩踏，养护成本低。更为值得一提的是，野草具有田园气息。野草任风吹、任雨打、任阳光烤，顽强地送给大地绿意和生机，涵养一方生态。野草是最平民、最传统、最本分、最具原生态的。然而生长在人工培植草坪中的野草，命运却是苦难的。它不能像草坪中的草那样享受着园林工人的浇水施肥、精心呵护，不仅一直被人瞧不起，而且还经常遭受灭顶之灾。我想，不管是野草，还是人工培植的草坪草，不论是名贵还是贫贱，不管是喜欢还是不喜欢，都需要受到适当的保护，都需要给予必要的生存空间，都需要给一个生存发展机会，都需要重新认识定位其积极作用。

鲁迅在散文中这样描述野草："野草，根本不深，花叶不美，然而吸取露、吸取水……日见其美丽。"遍地的野草是卑贱的、朴素的，可却永远绿遍世界。一片茂盛的原始森林是大自然创造的完美，而几行修剪整齐的人工树木却是那样单调。人工培植的草坪纵然美丽，却要园林工人付出辛劳的汗水和较大代价来保持整齐划一；而从未获得人们呵护的漫山遍野的野草，永远那样郁郁葱葱，装扮着大地。

木有木的优点，草有草的天下。人工培植了城市的娇贵、美观；大自然选择的却是朴素、顽强。试想，我们可以进行科学发展，精心设计出多元化草坪，把人工植物与野生植被合理配置，以取得更好的绿化效果。我们甚至可以上升到野草之美和新伦理新思想高度，升华到方法论的层次来探讨，和创造生态和谐城市的理论相联系，打造人工草和野草共存的和谐草坪，让人工技术和大自然的结合创造更美好的未来，共创出社会、自然的和谐之美。

不知又过了多少天，和朋友又溜达到那片草坪。野草又蓬蓬勃勃了。朋友笑曰："野火烧不尽，春风吹又生。"其循环往复、复而再生论证着达尔文的进化论—适者生存。

微风中，我们望着美丽的草坪和蓬勃的野草，心中感到无限惬意。我们为装点城市的人工草坪的美丽而欢欣，为野草蓬勃的生命力而叹服。时下，我们大力发展低碳经济，大力提倡低碳生活，保护大自然。作为我们的城市建设，也更应该多吸取城市自然之美丽，建成一个人人希望的城市。

当你一个人的时候

当你一个人的时候，和书交谈。

书中故事里长满了情结和果实，等待着你的收获。在书的海洋里遨游，你的心中再也没有寂寞和失落，会感到博大与宽广，生活里的波澜壮阔，为你构筑起生命真实的一朵朵浪花。

当你一个人的时候，和笔交谈。

让你所有的记忆和往事，循着大脑的指令去寻觅和完成一次新的旅途，让过去和现实相伴相携，去感悟梦醒时分的每一种意念。让昨天成为不竭的甘泉，沿笔尖流淌成今天的江河大海，洗涤生命乐章中每一小节的苦辣酸甜。

当你一个人的时候，和音乐交谈。

沉浸在美妙的音乐世界，犹如与初恋情人的约会，那幸福的悸动溢满心间，曾经的不快与失意瞬间灰飞烟灭，充盈血液的只有无穷的力量。此时，淡然一笑，你会发现，低媚与庸俗悄然从你心间流走，高雅伴同音乐的旋律缓缓流入心田，生活原来如音乐一样美好！

当你一个人的时候，和春天交谈。

春天是生命的涌动，是希望的起点。因为生机和绿意是这般地为你所有，为你所爱。春泥，滋长更鲜更绿的生命；春草，焕发出勃勃生机；春风，温暖着整个大地的心。都说，谁不想走过春天，走过自己？可是，谁又能走过春天，走过自己？

当你一个人的时候，你自己就是一切。

你应该尽情地把握沉默中的每一份美满，从而感悟人生过程的真谛与收获。学会抛弃寂寞与得失，过滤往昔的光环和尘埃，轻装上阵，开启新的美好和未来。

给世界多留微笑

每一个人，都不是生活在真空的世界。工作和生活中，人与人之间难免有误会、有磕碰、有摩擦，一不小心就得罪了谁，那伤害就如冰雹般地砸向我们。甚至有时我们并未得罪或冒犯别人，伤害也会含沙射影地使我们猝不及防又莫名其妙。面对伤害，是尽情忧郁愤愤不平，还是坚持"人若犯我，我必犯人"的处世原则，和那些伤害我们的人来一番唇枪舌剑，弄个鱼死网破？其实，最明智的态度，是把微笑留给伤害我们的人。

我们即使再努力，也不可能把和每个人的关系都处理好，和每个人都结上缘分。金无足赤，人无完人。人都是有弱点的，有时哪怕我们多么小心谨慎、如履薄冰，有人也会故意把伤害如盐一般撒在我们的伤口。那么，面对伤害，只有慷慨地露出微笑！这微笑不是胆小、怯懦、软弱、愚笨，恰恰说明我们的宽容、博大、坚强、睿智。伤害是把双刃剑，我们用伤害去反击别人，却因此会把自己伤得更重。微笑恰恰是最有利的武器，微笑中彰显谦谦君子风度，只会让那些伤害我们的人气急败坏，而内心却暗自佩服。

把微笑留给伤害我们的人，做起来并非易事。尤其是面对恶意的心灵伤害，这就需要勇气、豁达、意志、修养和胸襟，能容人之误、容人之短、容人之言。

著名科普作家高士其对笑是这样评价的：“笑的本质，是精神愉快；笑是治病的良方，健康的朋友。”把微笑留给伤害我们的人，是一种人际关系的艺术，是一种生存的智慧。它一方面释放了自己，使自己不至于因别人的伤害而整天耿耿于怀，过分黯然神伤。因为我们把微笑洒向别人时，也把微笑留在了自己的心中，放松了自己思想的压力和重负，从而更快乐地集中精力去做人生中更有益的事情。同时也缓和了人际矛盾，赢得了主动权，赢得了那些伤害我们的人对我们的重新审视和自己言行的甄别，为化解矛盾、构建和谐奠定了基础。大家心存谅解，互相融洽，世界该是多么美好。

微笑与生活相连，生活与世界相连。多一些微笑，世界就会多一份爱和欢乐！

药渣

薇薇倚着门框，瞪起乌溜溜的眼睛往屋里看。

妈妈厂里的阿姨，正站在床边打开一个很亮的铝饭盒。她猜里面一定是好吃的东西。她生病时，妈妈组里的叔叔阿姨就给她送过好吃的东西。

“咔”，饭盒打开了。阿姨从里面拿出一根晶亮的玻璃针管。薇薇吓得转身就跑。

“薇薇，来。”是乡下来的姥姥喊她。

她低着脑袋蹭到厨房跟前，心却还为妈妈发疼。厨房里，热气憋得灯泡发红，弥漫着苦滋滋的中药味。

“薇薇，把药渣倒到街上去。”薇薇接过温热的药锅刚要走，姥姥叫住了她：“倒哪儿？”

“垃圾窖呀！”

“嗐，我说孩子吧，”姥姥张开只剩一颗门牙的嘴笑了，“你想叫妈妈的病赶快好吗？”

“想！”

“那，听姥姥说……”

薇薇端着药锅往街上走，觉得姥姥的话怪有意思，幼儿园里的阿姨为什么没教？连7＋8＝15她都知道，怎么就不知道人踩在药渣上会把病带走呢？怎么带走？是不是像纸吸水珠一样？她真想看看。

“薇薇。”她听见有人喊，忙侧过头，原来是班里的好朋友媛媛。“妈妈。”她拉着一个阿姨的手说，“她就是那回帮我捉落到我脖子里的毛毛虫的好薇薇。”

薇薇低下头，脸红了。她觉得一只柔软、温暖的手，在抚摸她的头。

薇薇很高兴刚才没倒药渣，她可不愿让媛媛和她妈妈把病带走。这时，她突然想起，妈妈班里的几个叔叔阿姨，也走这条路，多好的叔叔阿姨呀，妈妈生病的那天，都到幼儿园接她，她在小朋友面前骄傲地吹了好几天："我有这么多叔叔阿姨呢！你有吗？"她更不愿让这些叔叔阿姨把病带走。

她把药渣倒在了垃圾堆上，望着冒着热气的药渣，她想了想，抬腿在上面狠狠地踩了几脚。她觉得一股热乎乎的东西顺着脚窜遍了全身。回到屋里，她脱下衣服就钻进了被窝。

夜里，妈妈被她的尖叫声惊起，过去摸着她的头问："怎么了？"

她含着泪怔怔地望着妈妈，说："妈妈，可别给我打针。"

妈妈点点头，她放心地笑了。

她翻过身又睡着了，一会儿就发出了均匀的鼻息声。

年轮

天气越来越冷，年味越来越浓。随着农历龙年的脚步声越来越近，心里却愈来愈忐忑不安，因为在生命的长河里又增添了一朵新的浪花。

陶渊明的千古名诗——“盛年不重来，一日难再晨。及时当勉励，岁月不待人。”道出了应该积极进取的人生真谛。尽管除夕后的那段时光，与其他平常日子没有多大的差别，但那种白驹过隙、流年似水的惆怅，是任凭喧哗嬉闹、歌舞升平都难以抵挡和替代的。于是，就更加怀恋不谙俗世、未染尘心的孩提时代，就更想过一个异同寻常的年了。

从参加工作起，便由着自己的个性，养成了一种独特的习惯。一般而言，在年前把公事家事尽量处理好，不欠旧账，不留遗憾。然后专注地捧上一部渴望已久的书，赶在除夕之夜的钟声敲响前，把它悉心地读完，再参与到家人的欢乐中，忘乎所以一回。然后，在万籁俱寂、家人渐入梦乡之际，打开一本新的日记簿，在上面写着：新年快乐！写完后，一个人悄无声息地消失在朦胧的夜色中，走在大街上，心里默默地唱着那首不再流行的老歌，迎接春天的第一个黎明。

这样的日记已经有了几十本，里面真实地记载着生命之舟每一个相似而又不同的航程。回头再追溯这些年节读过的书，走过了一段由躁动到平静，由拘谨到达观的人生历程。从最初的《青春之歌》《钢铁是怎样炼成的》《红楼梦》，至后来的《百年孤独》《沉重的翅膀》，大约这便是一种青春的履历吧。且看每回制订的诸多计划，在未来的日子里被一一用于实践或搁置架空，才觉得生命对于人，内容是一样的。但人对于生命的感悟，却各有不同。

桌旁放着一部精装的《朱自清散文》，静静地

等我品读。在快餐文化冲击的时代，一如既往地秉着对理想的膜拜，坚守这一处心灵的宁静。

心态与命运

我们所处的时代，正是一个百花齐放、群雄争先的时代。许多人成为一方首富，一行新贵，一名新秀，因而惹得人们的羡慕、嫉妒、诋毁和效仿。这便有了含义复杂的“心态”之说。心态，即心理态度的简称。心理学上是这样定义的：动能心素和复合心素所包括的诸种心理品质的修养和能力。心态有两种，即积极心态和消极心态。比如，杯子里有半杯水，有的人会说：“唉，只有半杯水了！”而有的人则说：“啊，还有半杯水呢！”这是两种截然不同的心态。前者是悲观的，后者是乐观的；前者是消极心态，后者是积极心态。

人们常说：人生不如意十之八九，唯有快乐在心头。人的一生中，经常会遇到各种问题和困扰：工作不称心，事情处理不公平，经济条件不宽裕，健康欠佳，期望中的事情落空，好心未得好报，受冤枉挨批评，等等。对此类事情，如能持积极心态，

心胸自然就会豁达，就能妥善对待、处理好这些事情，随之工作顺利，心情舒畅。如果总是想不开，心结越来越大，自控能力减退，情绪失去控制，言行也就出现反常现象。有些人甚至为了一点小事，大闹一场，出言不逊，开口伤人，结果是人际关系受损，名声扫地。事后冷静下来想一想，为一点小事，大发脾气，耿耿于怀，根本不值得。

心态需要支撑点。这个支撑点就是自我控制。人需要控制自己的欲望、行为，就像小鸟高飞需要翅膀，就像生命需要阳光一样。一位哲人说："你的心态就是你真正的主人。"也有一位伟人说过："要么你去驾驭生命，要么是生命驾驭你。你的心态决定谁是坐骑，谁是骑师。"积极的心态是成功的起点，是生命的阳光和雨露，让人的心灵成为一只翱翔的雄鹰。消极的心态是导致失败的主要因素，是生命的慢性杀手，使人受制于自我设置的某种阴影，不能自拔。如果你想成功，想把美梦变成现实，就必须摒弃这种扼杀你的潜能、摧毁你的希望的消极心态。

心态要学会放松。有一个比喻说得好，社会是什么？那就是一锅滚烫的水，什么东西放进去都要受到煎熬，都要被改变。关键是自己是什么质地的，到底是一个生鸡蛋，是一根胡萝卜，还是一把干茶叶呢？也就是说，与社会融合，不同的自我，会得到不同的结果。而这个结果是生硬的熟鸡蛋、松软的胡萝卜，还是清香的茶水？这与我们当初的状态有极大关系。当我们不能选择改变世界的时候，我们可以选择改变自我，我们和世界的良性叠加会生成一种最好的结果。

心态决定命运。面对竞争的多元世界，良好的心态始终是人生中保持健康向上、淡然处世的魔方。“会当凌绝顶，一览众山小。”不是我们征服了山峰，而是山峰把我们托起来，让我们看到了最美丽的风景。

真正的人生，不是大喜大悲，而是细水长流，碧海无波，时刻捕捉心灵的幸福与快乐。所以我们不必在意一时的得与失，好好地守住内心的那份宁静，升华自己的人生境界，悠然地面对日升日落，放飞理想，驻足幸福，命运的钥匙将永远掌握在自己手中！

换个想法不生气

与朋友聊天，都说现在活得很累，因为生活中有许许多多令人生气的事。比如说你受表扬或立功受奖时，有人就会在一边说风凉话：好景长不了，别得意过头。有的甚至暗中使绊子，阻止你走到他的前头。还比如说，你提升重用，或者合法致富，又有人说，是某某领导的关系户或者是靠偷税漏税获得的，等等。所以说事业上的兴衰成败，人生中的起伏浮沉，社会上那种种看不惯又理不清的是非曲直，人比人那种很不公又很无奈的心理感受，都是生气的源头。就是听话一项，听不好也是会让人生气的。

最近重读余秋雨先生一篇《答学生问》，方知笑口常开也容易，许多事换个想法不生气。学生为那些尖刻批评余秋雨先生的文章愤慨不平，余秋雨不仅不生气，还把它当作是世界对自己的一种关爱。细一琢磨，确有道理：过去，自己对别人的批评，虽然口头上也讲闻过为喜，有则改之，无则加勉，但心里总不舒服。现在想来，有人批评，至少有三喜：一喜自己还有潜力，能比现在做得更好，才会有别人的不满和批评。二喜自己还很重要，在别人的心目中有位置，需要你干得更好。三喜有人关爱，否则就没有人批评你。这么一想，的确有一种良药苦口利于病、忠言逆耳利于行的感觉。

换个想法不生气，关键在于自身的内心修养。宋朝时期，有一次佛印禅师与苏轼打坐，苏轼对佛印开玩笑说，“用我的天眼看大师是一团牛粪”。佛印说，“用我的法眼看你是如来本体”。苏轼回家得意扬扬地告诉妹妹。苏小妹说：“哥哥，你实在输得太惨了。你难道不知道，修行的一切外在事物都是内心的投射。你内心是一团牛粪，所以看到别人是一团牛粪；人家内心是如来，所以看到你也是如来。”这则小故事或许也道出一个如何不生气的秘诀。

学会宽容和忍让

宽容和忍让是笑对人生的一种豁达，是一个人有涵养的重要表现。虽然有时选择宽容和忍让是一种痛苦，但痛苦过后得到的是心胸更博大，境界更升华。法国 19 世纪的文学大师雨果曾说过："世界上最宽阔的是海洋，比海洋宽阔的是天空，比天空更宽阔的是人的胸怀。"宽容是一种博大，它能包容人世间的喜怒哀乐；宽容是一种境界，它能使人生跃上新的台阶。生活就像一个万花筒，每个人都会有不如意，每个人都会有失败。当困难或失败像难以逾越的屏障时，请别忘了，宽容是一片宽广而浩瀚的海，包容一切，也能化解一切，会带着你一起浩浩荡荡向前奔涌。

春秋时期，楚庄王有天晚上偕爱妃大宴群臣。酒至半酣时，一阵大风吹灭了蜡烛。一名武将欲趁黑调戏妃子，被妃子扯下盔甲上的红缨。爱妃建议楚庄王点上蜡烛，要严惩大胆之徒。岂料楚庄王大度，命众将全部摘下盔甲上的红缨后方可点灯。不久，楚庄王亲征与敌国开战，命悬一线时有一将拼死救驾。杀出重围后，楚庄王问其原因，该将答："我就是那个丢掉红缨的人啊！”由此可见，宽容和忍让不是懦弱，而是智慧；不是吃亏，而是拥有。与别人为善，就是与自己为善；与别人过不去，就是与自己过不去。只有宽容地看待人生和体谅他人时，我们才可以获得一个放松、自在的人生，才能生活在欢乐与友爱之中。日常生活中，我们经常会遇到很多的矛盾，如果不愿意吃亏，步步紧逼，据理力争，死要面子，认为忍让就是没了面子、失了尊严，最终只能使矛盾不断升级、不断激化。其实忍让并不是不要尊严，而是成熟冷静、心胸豁达的表现。一时退让可以换来别人的感激和尊重，避免矛盾进一步加深，岂不更好？社会就像一张网，错综复杂，我们难免与别人有误会或摩擦。善待恩怨，学会尊重你不喜欢的人，在自己的心胸里装满宽容，那样才会少一份怨恨，多一份快乐，才会赢得更多的尊重。

古时候有个叫陈嚣的人，与一个叫纪伯的人做邻居。有一天夜里，纪伯偷偷地把陈嚣家的篱笆拔起来，往后挪了挪。这事被陈嚣发现后，心想，你不就是想扩大点儿地盘吗？我满足你。他等纪伯走后，又把篱笆往后挪一丈。天亮后，纪伯发现自家的地又宽出许多，知道是陈嚣在让他，心中很惭愧，主动找上陈家，把多侵占的地通通还给了陈家。由此可见，宽容别人的人，虽然不是为了回报，但是，往往就会得到回报；会忍让的人，虽然不是为了好处，但是，往往会获得更多好处。

从古至今，宽容和忍让就是为人称颂的一种美德。面对摩擦，宽容和忍让是一剂润滑油；面对纷扰，宽容和忍让是一首和谐曲；面对猜疑的冰霜，宽容和忍让是消融的阳光；面对隔阂的鸿沟，宽容和忍让是沟通的桥梁。因为宽容和忍让，怨恨可以化为云烟；因为宽容和忍让，干戈可以化为玉帛。宽容和忍让是荆棘丛中长出来的谷粒。

宽容和忍让是崇高美德，一生能够做到宽容和忍让，就会平安一生、幸福一生、快乐一生。我们呼唤宽容和忍让，期望人人可以做到宽容和忍让，这样，我们的生活才会变得越来越美好，我们的社会才会变得越来越和谐。

做自己人生的魔术师

人是宇宙世界的过客。

对于过客的人生，有的人活得很认真，有的人活得很随缘。但有三件事无法躲避：一是生存，二是死亡，三是苦难。

活着，就是一步步接近死亡，人人有份，虽死法不一，但结果一样。生存就离不开苦难，它总是不约而至，伴随着你的一生。当你出生后，就已经置身于社会的各种舞台之上，主角也好，龙套也罢，表演肯定要进行，无论喜剧，还是悲剧。

观众可能稀少，剧本也很蹩脚—但不要抱怨，不要气馁，因为很多事情是无解方程。只要我们对自己的表演，充满激情，就会像魔术师那样，变出很多梦想的东西，文学创作也是如此。

再说简单

人生是一段旅程。在旅行中遇到的每一个人，每一件事与每一处景色，都有可能成为你一生中难忘的风景。一路走来，我们无法猜测一个人即将迎接什么样的风景，没有预兆，旅行的目的地在哪里，可是前进的步履始终不能停下，因为时间不允许我们在任何地方停留，只有在前进中学会选择，学会体验，学会欣赏—因为任何事没有永远，也别问怎样才会永远。生活有很多无奈，很多苦恼，很多委屈。谁也不知道今天过去明天会如何，所以你现在要做的就是尽量去充实自己，充实属于你自己的生活，善待你眼下的每分钟、每小时、每一天……

心境简单了，就有心思去经营自己的生活；生活简单了，就有时间去享受你的人生。决不能因为复杂而天天混日子，天天熬日子，而应该天天享受日子。纷繁尘世中有太多的喜怒，太多的悲欢，太多的繁忙和太多的痛苦，唯其如此，才能活得简单而快乐。

幸福是一种感觉。寻找幸福千万不要依赖高人的权势、过人的财富和超人的才华。需要依赖的是一颗平常心，一颗笑对人生冷暖的平常心。有人说，幸福似穿鞋，松紧自明；幸福如喝水，冷暖自知。如果说快乐是生理的，那幸福就是精神的。唯有简单，才不会辜负了人生这一趟美好的旅行。

“幸福”的困惑

最近关于“什么是幸福”的话题突然热了起来，特别是“两会”之际，名人荟萃，代表、委员，包括高官、明星都纷纷在镜头面前书写自己的幸福公式。但今天不少年轻人总觉得幸福感低迷，压力巨大，困扰多多。物质的压力和精神的焦虑似乎成了一个“问题群”，对年轻人构成了挑战。

这让我想到20世纪80年代初，我们这一代人青春时面对的相似境遇。那正是改革开放初期，社会也面临着诸多困惑和问题。1980年，《中国青年》杂志曾经以“潘晓”之名发表了一封给编辑部的信，题目叫《人生的路呵，怎么越走越窄……》，引发了全国讨论。对于当时所出现的理想失落，不少人开始追求物质生活享受，初入人生就发现现实生活与学校里受到的教育的差异，等等。这场大讨论持续时间很长，参与的人很多，在年轻人中引发了轰动效应。很多人都觉得这封信说出了他们的心声和困惑。

我记得这封信是我在西安空军通信工程学院上学时发表的，我参加了中越自卫反击战后被选送到这所军校已半年了。虽然军校要求与地方学校不同，但我们校领导对这封信也很感兴趣，要求作为校团委书记的我组织同学们进行热烈讨论，同学们七嘴八舌，观点不一。但那时候，社会正面临一个精神开放的问题，暴露出的不少问题使得年轻人也经历了困惑和幻灭，军校年轻人也同样如此。我还记得，当时人们常说那时候的青年什么也不信，是“迷茫的一代”“幻灭的一代”“垮掉的一代”，更有许多人慨叹年轻人失去了老一辈吃苦耐劳、勇于担当的精神。实际上，在那个西方思潮刚刚进入、物质生活仍然匮乏的计划经济年代，各种物资凭票供应的计划经济，青年人所承受的精神上的压力和困惑非常之强烈。

计划经济时期简单匮乏的生活使得人们对物质的渴望异常强烈，当时社会上对西方物质生活的羡慕随之出现。青年人的一些期望和现在差不多，如王蒙的小说《风筝飘带》写的就是当时年轻情侣没有房子无法结婚，刘心武的《立体交叉桥》更是写出了空间的过分严格管理。当时的社会缺少活力，青年普遍期望实现突破限制，在更广阔的空间中发挥自己的能力。所以那时的电影和小说常常表现年轻人找不到才华施展空间的苦恼，如刘震云的《单位》，主要描写在单位里年轻人的苦恼，既有物质的，也有精神的。

现在离20世纪80年代已经很远，但当年的困扰依然在不同层面上，以不同的说法和角度出现。虽然当时人们没有提出“幸福感”这样的概念，但人生的路是否越走越窄的讨论，其实就是关于什么是幸福、什么是理想、什么是人生的价值之类等重要的问题。一代人面临的问题层次不同，但苦恼则相似。今天的青年“幸福感”低迷，其实也是一种更高层面上的困惑，是“重复”的困惑。但因为今天的诱惑更多，渴望更强，见识更广，这种苦恼可能更为强烈。由此可见，青年对事业、对生活、对幸福的追求是永恒的主题，只是不同时代表现的形式不同而已。

其实，人要幸福，离不开物质享受、精神追求和情感支持。这三个方面又依时代、环境不同随时都有个最低标准，比如恩格尔系数、最低工资规定保障等。但在特殊情况下，可此消彼长，如为追求理想，短期内牺牲物质利益，亦觉幸福。

今天年轻人的平台，远比我们当年要大得多。“大众创业，万众创新”，已成为时代的主流。当年若要完成"成家立业"的理想，常常需要艰辛工作奋斗15年左右。加上现在的基本生活保障也远比那时要好。应该说“幸福”多了。但关键问题是，一方面，社会应给予青年更多的关怀，为青年创造更为公平的环境；另一方面，年轻人的奋斗和努力也必不可少。实际上，在任何时代，年轻人都会遇到相似的苦恼和问题，但任何时候也都需要年轻人面对挑战去努力和奋斗。没有自己的努力和奋斗，一切都是空中楼阁。

母爱如河

如果说生命如歌，那么母爱就是一首温婉而美丽的诗，无论平凡还是华丽，简短还是绵长，那点点滴滴的文字里、平平仄仄的韵脚中，流淌的都是伟大而令人回味的真情。《人生论》中有一段关于母爱的表述：一种肉眼看不见，精神上的美，它高于道德。母亲爱孩子不是道德使然，它是更为本能的、更为纯洁的自然之爱，人生最美的东西之一就是母爱，这是无私的爱，道德与之相形见绌。

中国人的感悟：儿女抱在身，方知父母恩。

关于母爱的恩赐我们每个人都有过刻骨铭心的记忆，它是人类生命的阳光和雨水，高过天，重于山，这里有两个例子。一个是古代的，讲一位寡母含辛茹苦地把男孩养大，为其娶妻成了家。后来娘老了，眼也瞎了，儿嫌其累赘，便听了老婆的话，将老母背进了深山。走啊，走啊，背在儿身上的娘不断拽树叶子扔在地上，儿子觉得奇怪，便问娘做什么？娘说："儿啊，山高林密，娘怕你回去找不到路，给你留个记号……”羞愧难当的儿子又把老母亲背了回来。

另一则是现代版的，记述的是一位儿子失去母爱的心灵惨痛。《娘，天堂没有暴风雨》，说的是暴风雨来时，娘出门收衣服，一块房瓦掉下来打中母亲的额头，流了许多血，送到镇医院抢救无效。母亲临终前，嘴里不断地念叨：“幸亏没打在我孩子头上……”三天后出殡，儿子跟在抬棺材的乡亲后面，突然发现棺材下面滴血，落棺打开一看，娘面色如常，才刚刚咽气不久，是庸医误诊害死了娘。

每每想至此念至此，总禁不住要流泪，克制不让泪水溢出眼眶，心里又憋闷得难受，心口隐隐作痛。又总是情不自禁地联想到自己的母亲，那给予我们生命，教育我们成人的慈母。

我的母亲是一位普通的家庭妇女，今年 75 岁，一头长长的青丝，早就变成了稀疏的缕缕白发，条条皱纹密密麻麻布满了脸庞，手上青筋盘曲，受过了那么多的凄愁悲情，母亲睿智的眼睛，也变得浑浊迷离。记忆中那个纤细挺拔的身影被时光带走，取而代之的，是母亲佝偻的背脊和更加瘦弱的身形。饱经风霜和过度劳累的折磨，依然无法掩饰母亲清秀而美丽的面容，然而母亲真的老了，曾经饱满、俊俏的脸庞，如今已被岁月留下了深深的印记。相对别人，我的母亲没有可入典的故事，但对受益的我却点滴似泉，丝缕如缎。小时候，常看到，劳累一天的母亲，油灯下纳鞋底，先用锥子顶个眼再用针线穿入的程序年复一年，为的是儿女双脚不被坎坷路痛；吃饭时您永远站在灶前不看桌上有无空位，且饭菜大都是前顿剩下的，偶遇菜里有块肉，那块肉您是舍不得吃留在下顿；白天和男人一样上山砍竹子，回家还有做不完的家务活；为多挣几个工分，您产后三天就下地干活；起早贪黑，工分却不多，原因是队长克扣了。但您脾气好，从不跟人争你高我低的，邻舍都夸您善良。您现在得了晕眩症，骨质增生，却想着为子女省钱，不愿住医院。这一切都使我们做儿女的深深内疚和不安。

记忆中的母亲总是那么风风火火，好像从来不见她悠闲地走路。不知不觉间，我早也超过知天命的年纪，母亲的腰，却因为积年的疾病而变得弯曲佝偻，母亲的腿变得沉重和无奈。在母亲身边所有的日子，我感受到的永远只是温馨的关爱和无尽期盼，天凉了，她会关切地说声“多添件衣裳”；偶染微恙，她一定会打个电话劝说我“到医院去看看”；夫妻闹矛盾，她会说“好好过日子呀，夫妻相互谦让”；有时多买一些物品看她老人家，她又会说“要勤俭过日子”……

唉，天下的儿女都是生在母亲亲情的阳光下，而母亲则永远活在牵挂的碎片中。

回家过年

年复一年，年味越来越淡。传统的春节即过，年似乎到现在只为一个理由而存在：回家。

于是，回家过年，牵动着千家万户。过年回家，形成了每年一次中国式大规模人口移动的板块，流动的是浓浓的乡情。无论是飞机、高铁、动车、轮船，还是高速公路、乡间小道上到处都是拥挤颠簸的汽车，简易的、破旧的轻骑、摩托……载着离乡之人驿动盼归的心，行驶在通往回乡的路上。回家，是一箱最重的行囊，酸甜苦辣，都把它扛在肩上．回家，也是一件最暖和的衣裳，穿在身上抵挡寒雪风霜。

家是游子的车票，家是归宿的港湾，也是游子心灵的停车场。远处的飞鸟，永恒的牵挂是故林．漂泊的船儿，始终惦记的是港湾．奔波的游子，无论在天涯海角，心中抹不去的永远是故乡。难怪有人说，“萍水相逢，尽是他乡之客”。想想有多少人都有这样的时刻：“云横秦岭家何在？雪拥蓝关马不前。”李白再飘逸，也会“低头思故乡”；杜甫再无私，也知“家书抵万金”；辛弃疾“醉里挑灯看剑，梦回吹角连营，为的是光彩地回到幸福的家”

李后主也有“恰似一江春水向东流”的乡愁……

小时候总盼着过年。因为过年有好吃的，有新衣服和新布鞋穿。进入腊月，大人们就开始准备年货，爆米花，打糯糕，腌腊肉，注香肠和灌糯米糖，炒花生豆子等，年味浓浓的。可到 17 岁，应征入伍去了遥远的北方，向北、向北再向北。不断地向北，离家越来越远。参军后十几年因工作需要从未回家过春节。所以每当春节的鞭炮声响起，思乡、念亲的情愫就会在心头缠绕，想起家乡的年味就有一种莫明的乡愁，回家的路一直在梦中蔓延……

回家过年是一种幸福。幸福在路上，心中如湖面漾起的涟漪，馨香经久不散。父母之爱是一道永远最美和最吸引人的风景线。家乡的厨房里有母亲等你回来准备好的最可口的饭菜，有父亲在大门口等你回来最深情的祝福。过年回家，回家过年。我们就在这令人陶醉的鞭炮声中，在春天的阳光下，一年年长大，一年年成熟，一年年收获着幸福和甜蜜。

院中的那棵石榴树

院中的那棵石榴树，是十几年前从乡下老家移栽过来的，刚来时小不拉叽，可在不知不觉中已开花结果长成了大树。碗口粗的枝干奇崛苍劲，盘曲着攀到了房顶的灰瓦上。密实的小叶子浓绿光洁，随风摇曳出轻柔的娑娑声。树荫像一把无比宽大的伞，几乎遮盖了整个小院。

每年春天它沐浴着阳光，舒展着深绿油光的枝叶。花开时节，润泽厚实的花朵翻吐着褶皱的橙红色丝绢，金蕊微露，火焰般点染在密匝匝的绿叶之间，宛如一尾尾灵巧的金鱼，游荡在如波的绿丛中。夏日的雷雨会让油光墨绿的叶片上挂满晶莹的水珠，片片花瓣飘落，弄得一地姹紫嫣红。

一到深秋，满枝繁花变成了累累硕果，如千盏小灯笼，随着阵阵秋风摇来摆去，让人看了垂涎欲滴。路过小院一股优雅清香扑鼻而来。石榴压弯了树枝，能碰着人的脸，打着人的头，伸手可摘，张口可咬。掰开石榴，粒粒水灵灵、亮晶晶、晶莹剔透，红的像玛瑙，紫的像宝石，别说吃了，看一眼心就醉了，咬一口，哇！酸甜可口的汁液溢满嘴巴，甜津津凉丝丝一直顺着牙缝流到心里，那种像初恋般的感觉久久回荡回味无穷，让你半天缓不过劲儿来！惹得邻居、路人闻香光顾，观赏品尝。留在高处熟透了的肥硕的石榴，有的六七个在一起像在做游戏；有的两三个围在一块儿窃窃私语；有几个不合群的独占鳌头骄傲地挺立，印证了杜牧的“似火石榴映小山，繁中能薄艳中闲”。

去年国庆长假，一家人团聚。女儿女婿带着小外孙女从省城来做客，采摘石榴成了全家一件乐事。

吃过早饭，大家披挂上阵，女婿搬来梯子上了树，女儿踩着凳子拿着塑料桶在树下忙活，爱人挑了一个大石榴递给外孙女，说：“这个石榴宝宝多，挤破了肚皮。”外孙女接过石榴叫着喊着“宝宝出来了！宝宝出来了！”逗得大家开心地笑！石榴树下的欢声笑语，引得邻居们也赶来凑热闹，你帮忙摘，他帮忙吃，嘻嘻哈哈乐乐呵呵，临走还不忘兜儿里放上几个与家人分享。

石榴树，原产于西域的一种果树，经丝绸之路传至中原。石榴汁含有多种氨基酸和微量元素，有助消化，抗胃溃疡，软化血管，降血脂、血糖和胆固醇等多种功能，还可防止冠心病、高血压，达到健胃提神、增强食欲、延年益寿之功效。

石榴树更让我喜欢的地方是，它不仅美化了我们的环境，净化了我们的空气，而且不需要怎么呵护，却默默奉献出可口甘美的果实，给了我们收获的喜悦。

新年戒烟了

新年，我戒烟了。

我的烟龄很长，屈指一数，已满30年。

学会抽烟，是在北京上军校时。当年军校待遇好，干部学员每月有三条大前门的供应票，因为我不吸烟，烟票就给了同寝室的湖南战友。也许是他感觉一个人抽烟有些孤独，时不时地给我打烟，教我如何享受吸烟的乐趣。一来二去，学会了，从此上了贼船就下不来，而且一发不可收拾。当我伤心痛苦、无助彷徨时，它是我的镇定剂；当我快乐疯狂时，它是推波助澜的添加剂。因为那一缕缕青烟，那一个个飘忽不定的烟圈，经常把我带进一个神奇的梦幻世界。所以走到哪里，抽到哪里，不分时间、场合、地点。吸烟也成为自己的一种生活习惯，一种生活乐趣，一种生活时尚。

在部队时，社交圈比较小，所以吸烟量相对也较小。后来，转业地方工作，接触面广，特别是从事文字工作，靠吸烟提神。再后来，职务调整，找的人多了，知道我是“瘾君子”，总要时不时递上一支。办公室没人时，自己上上电脑，看看文件，手空得好像没地方放，不自觉地烟就点着了，以至于抽烟成为条件反射，一种下意识行为。

吸烟不好，有害健康，这谁都知道。但俗话说：请神容易送神难，吸烟亦如此。一旦吸上，它就上瘾。烟瘾难耐呀！

去年到医院体检，医生就告诉我，肺黑了。体检一次，医生说一次，劝诫一次。虽然天天刷牙，从外观上看不出异常，但牙的后面全是黄的，怎么刷也刷不掉，我曾用小刀刮，也刮不掉。更为尴尬的是出差坐飞机，打火机不能通过安检，飞机落地后到处找打火机点烟，看上去就像一个乞丐。

因为吸烟，嘴里异味很重，而且难以清理，身上甚至头发里都散发着浓浓的烟味。跟人说话、交谈、聊天时，气味很难闻，碰上不抽烟的人和女同志，都唯恐避之不及。以手掩鼻，不扇扇就已给足面子了。俗话说，喝酒难受，吸烟咳嗽。吸烟的人，咳嗽多，痰也多，不管什么场合，不管面对什么人，说咳嗽就咳嗽，憋都憋不住，有时咳得气都喘不上来，自己难受，别人听着也难受。关键是怕吐痰。口袋里带着纸巾还好，如果没带，又在公共场合，大庭广众，那叫一个现眼。

我的办公室，基本上兼吸烟室了，上班就吸。我吸，来的人和我一起吸，整天烟雾弥漫，绕梁三日不绝，空气从来没有新鲜过。烟味还见缝插针，钻进走廊里和同事的办公室，真是城门失火，殃及池鱼。

戒烟难，难于上青天。在那烟雾弥漫的世界，让多少人失去鲜活的生命，可在我的眼里，就是过一天是一天，不管东西南北风，咬住香烟不放松。烟雾满天飞，生命天注定，只要每天生活在烟的世界里，就是最好的精神享受。别说戒，就是开个两三个小时的会议，中间上趟卫生间，也要抓紧时间抽上几口。记得有一次家里没放烟，天还没亮就跑步到小卖部叫门买包烟过瘾，那种难受劲儿跟电视里的毒瘾犯了一样。

那天上班，打开电脑，屏幕上显示，中央出台规定，今后公共场所不准吸烟，领导干部应带头不吸烟。突然觉得，戒烟正当时。我知道，我需要这个机会，这个理由。应当把握住这个机会，远离烟魔，把烟戒了。

其实，克服烟瘾就是去掉心魔。最大的内因是自己，最大的敌人是自己。人是需要一点精神的，戒烟同样需要意志。我决定戒烟了，第一天，有点难受，我就上网、看书、写文章，不让自己闲着；第二天就放点口香糖在衣袋里，想抽烟时就含颗口香糖；三天、四天、五天……新年过后，我坚持到现在一根烟也没吸。

朋友，有一则广告词是这样说的，吸烟是你最简单的快乐，但最终会让你最彻底地哭泣。我说，抽烟，消耗的是钱财，燃烧的是生命。趁早戒烟吧，给世界一个文明，给自己一个健康。

快乐过好每一天

生活在现代社会中的人们，似乎很少说自己是快乐的。房子、车子、票子、人际关系、就业压力、物价上涨等一系列问题已经把我们压得喘不过气来。快乐仿佛已经是一件难求的奢侈品了。

有人说，快乐是一种心态。一念天堂，一念地狱，只要心态好，快乐无处不在。晴天时，因为明媚的阳光而快乐；下雨时，因为清爽的空气而快乐；阴天时，因为那份清静而快乐。

医学研究表明，人体有很强的抗病能力，80%的疾病完全可以靠自身因素来解决。当然，这其中举足轻重的因素就是要有乐观心态，把握住快乐的每一天。特别是人上了年纪，由于气机阻滞，气血不畅，因而导致身衰体弱。但是身衰不可神衰，保持精神愉悦，是防止身衰的法宝。世事繁杂，生活中常有不称心的事—家庭关系处理不好，同事间的误会，钱不够花，等等，如果把自己陷在这烦恼中，即使晴天丽日也会觉得阴云笼罩。越寻思越觉得人活在这个世界太累了，真是“莫道不销魂，帘卷西风，人比黄花瘦”。

也有人说，快乐是学会“三乐”，即助人为乐、知足常乐、自得其乐。“送人玫瑰，手有余香”，帮助别人是人生最大的快乐；幸福本无固定的标准，无止境的攀比和贪欲才是内心困乏的根源，心放宽了，快乐也就来了；快乐可以自己创造，它不仅使我们心情舒畅，更让我们对生活充满幸福与憧憬。

而我更赞同这种说法：快乐是过好“三天”，即昨天、今天和明天。睿智的人，不会长久地停留在昨天，因为昨天已成为历史；也不必过多地幻想明天，因为明天尚未可知；最紧要的是把握住今天，因为今天才是最真实的。把握好今天，也就把握住了将来，把握住了自己一生的命运。

上天赐予人类最公平的东西就是时间，无论你是谁，是富贵还是贫贱，是健康还是多病，是忙碌还是清闲，每个人的一天都是24小时，谁也不会多一分，谁也不会少一秒—在这个世界上，许多东西可以积累，唯独时间无法积累，所以时间是世界上最珍贵的。

人生是一条单行线，时光不会倒流—如果虚度了今天，今天的时光不会再现—我们的生命是有限的，过一天少一天，所以，只有过好每一天，才会活得快乐，生得健康，老得有希望。

也说中国男人

(一) 男人的烟

吸烟的男人心里都明白，不存在什么真正的烟瘾，烟瘾只是一个借口而已—吸烟的意义在于它是一种解脱—正如同在教堂里的忏悔，在上帝面前的祈祷—生活的重负决定了男人的孤独和悲哀—男人的字典里，永远不该有脆弱和哭泣，每一页都大写着虚伪和掩盖不住的无奈—从小父母就教导你，男孩子应该勇敢，长大后就懂得，做一个男子汉应该成家立业—为了一个能接受的理由，你昂首挺胸地走在大街上，春风满面地和路人打招呼，其实，你有很多的烦恼和忧郁——可你仍然要微笑地说：我很好。其实，你很孤独；其实，你很伤心；其实，你很累很累……

独自一角，点燃一支烟，看那一缕青烟慢慢升起，时断时续，所有的思绪在无语中飘散开来，随风而去。深深地吸一口，重重地咽下去，一种心酸苦辣的滋味直冲肺腑，回荡在胸前，默默地体味着无人诉说的心情，久久不愿放弃，轻轻地吐出来，如释重负，而那种感觉已成了回忆。

吸烟的男人，真的不是为了吸烟，而是在品烟，在品味自己。男人品烟，可以把思绪点燃，在烟头化成烟雾随风而逝，放下手中的那支烟，也就放下了心中的那份思绪。高兴时，香烟燃烧的过程是绚丽缤纷的，如秋日高空的云，飞得很高，让人轻松神怡，心高气远。痛苦时，却是难耐的等待，明明心里在流血，却依旧在烟雾背后展颜欢笑，而且笑得比任何时候都要灿烂。

香烟，就像一把打开心灵世界的钥匙。尽管是一份近似毒品的东西，可在烟草的缭乱之中，展现那份自然纯粹和沉淀本色的真实，在烟雾中想自己的所得所失，悟人生的起起落落。这白色的烟雾就是一条流淌在男人心中的小河。看香烟继续燃烧，继续想……香烟是情感的支点和承载。所谓人生，也不过是抽烟时想起的一个人，一件事……莞尔一笑，把未完成的事情化作青烟缭绕罢了。抽烟，不是天生就会或者无法放弃的，只是因为在困惑的生活中无法探寻，孤独的情感无所依附时，便以此来慰藉。吸烟终究是一种神往而无奈的寄托。掏出香烟，用男人惯有的漂亮动作点燃，嘴里、鼻子里吐出烟雾感觉到的是另一种不同。男人喜欢与烟倾诉，它可以理解你的感受，化解你的孤独。静静地看它越飘越淡的身影，仿佛它听到了你的心声，感觉心里很安详，很满足，有种获得感。

（二）男人的酒

男人喝酒，多半是烦恼；女人流泪，多半是伤心。男人喝酒是把烦恼随酒喝进肚里；女人流泪是让苦衷跟眼泪流出心底。喝酒的男人，拿酒来消愁，看似坚强，实际上是一种麻醉，是在逃避；流泪的女人，用泪来宣泄，看似脆弱，实际上是一种隐忍，是在面对。男人是酒，是刚烈的；女人是泪，是醇香的。酒喝多了就麻醉，泪流多了就破碎，然而酒和泪可以相融，正如男人和女人可以融合。爱着就是一种幸福，不管你付出了多少，为爱而爱，那是一种不求回报的幸福；那是一种不管吃了多少苦也觉得是甜的意境；那是一种经历了多少风雨也不离不弃的执着；那是一种不管是贫穷还是富有的时候，也能拥有两相情愿的厮守。

男人是父亲，男人是儿子，男人是丈夫。男人的心谁都明白，可男人的心谁也不明白。男人虽然外表很坚强，但内心很脆弱，他永远想让父母知道自己是坚强的；想让儿女知道自己是最好的；想让身边的那个她觉得自己是最棒的。可是，他自己身边的那个她却永远不知道自己的男人为什么要学会坚强？为什么要必须去坚强？男人不是不会掉眼泪，只是明白有泪不轻弹。因为他很清楚地知道一旦眼泪掉下来，就意味着父母的伤心和焦虑，意味着一段感情的冰封。男人是脊梁，男人是大山，他不能掉眼泪，也不允许自己掉眼泪。可是，谁又知道，在男人的内心深处，却早已泪水涟涟，伤痕累累！男人的心也很软，很伤感，很宽容，他只是不会轻易地表露，不会轻易地表现，也不会轻易地表白。他自己明白，把心软藏在眼睛里，把伤感藏在感情里，把宽容藏在岁月里。

(三)男人的心

男人，从降生的那天起，就注定了你这辈子要有太多的担当，太多的艰难，太多的痛苦。无论前途多么坎坷不平，如何荆棘遍野，你只能扛起男人的旗帜，勇往直前。男人总是把所有的一切都扛在自己肩上，宁愿自己多受一点累、一点苦，也不愿自己的父母再操心，也不愿自己的儿女受伤害，更不愿自己身边的那个她被人看不起。他奋发图强为了谁？认真工作为了谁？努力赚钱为了谁？男人很累，也很苦，就算是一座大山，也有崩溃坍塌的时候。不要向男人要求很多，因为，应该给你的他会毫无保留地给你；应该呵护你的时候，他会用心良苦地疼爱你。男人知道疼你、爱你、护你，只是不会轻易说出口。因为，他并不是不想说，而是自己明白，纵然说一万句“我爱你”用在你身上也不够，还因为这三个字分量太重，那是一辈子的承诺。因为，只有放在心里默默地说上千遍万遍，把所有“我爱你”所承担的东西都在默默无声中给你，让你在离他而去的那一刻，能够感受到“我爱你”的分量和沉重。

有时候，女人永远不知道，男人为什么每次心烦时那么喜欢抽烟？其实，男人自己知道只有在烟雾中，才能回忆过去曾经美好的时光和对未来的憧憬，在烟雾缭绕中深深地明白自己的责任和担当。他想让自己的父母过得快乐，想让自己的儿女过得无忧，想让身边的那个她过得幸福！女人也永远不知道，男人为什么要在分手之后，还会对她嘘寒问暖，还会夜夜买醉。因为他知道，并不是只想跟你做朋友，而是想挽留这一段曾经属于他的感情。男人啊男人，你是脊梁，你是大山，你不会流泪，你不会喊累；你的心很坚强，你的心也很脆弱，你是父母心中的骄傲，也是儿女登天的人梯，更是你身边的那个她永远的支柱和唯一。

珍惜

生活中，当我们喜欢某一件旧物或回忆一些往事时，是因为它记载了旧时的一种心境、一丝情怀、一些难于忘却的故事。那些曾经发生在我们身边的事，那些与我们相视而笑的人，那些与我们相伴相随的物品，无疑都与我们有着某种缘由与情分。我们热爱生活，喜欢人生，尽管每个人人生的心态和价值的取向不同，但人生的活剧就是不停地演绎着相识与告别、悲欢与离合，也有辛酸的不堪回首，但生活是仁慈的，只要努力你总有机会乘上时代列车；可生活又是严酷的，我们无法两次踏入同一条河流。

每个人的生命都是多彩的，每个人都有过去的时光。过去的意义在于，带给我们人生经验与情感的体验，以及其中蕴藏的价值和生命的力量。但过去是无法挽回的，它就像天边飘过的一片云、错过的一趟车，你哭也罢、笑也罢，带给你的只能是片刻的眷恋与回忆。

相信，我们每个人的生命都曾有过动人的笑容和惊恐的一瞥，但多半是飘过而已。在这一点上，我们似乎不如古人，因为当今生活的诱惑太多，选择的机会不少，因而对某一个人或某一件事物的"痴情"便成为稀有的感觉。常常是，有了悲伤，不知可与谁诉说；有了喜悦，不知与谁分享。许多人忙碌一生，功成名就，到头来却发现身边只剩下陌生人，而什么"红颜知己""莫逆之交"似乎成了遥远而又古老的传说。也许我们笑古人太迂腐，却不知古人也在笑我们：寒夜中，可有红袖为你添香；潦倒时，有无朋友与你对饮？

生命就像一面镜子，你笑它也笑，你哭它也哭；你珍惜它，它就珍惜你。记得一位老者说过：“在你年轻的时候，你一定要温柔地对待爱情，因为在你年老时，你将只能记得这些温柔。”真爱的事业和真正的爱情一生只有一次，那种感觉永远无法复制。这世界上真正属于你的东西并不是很多，你不珍惜，它便离你而去，包括机遇，包括事业，包括爱情，包括生命。在这到处都充满功利诱惑和文化多元的时代，也许你的雄心常常遭到误解，真情常常受到伤害，信念常常为之动摇，但只要你能真正做到心静如水，无怨无悔，脚踏实地，执着信仰，抛弃功利，忠诚事业，珍惜生命，我们的明天一定会更好。

当我们老了

当我们老了，什么事都看得很明白，想吃就吃，想睡就睡，不怕被人指责，不怕被人责怪，一切随心所欲，轻松自由，顺其自然；当我们老了，已经学会了淡泊名利，选择舍弃，懂得珍惜，热爱生活，宁静致远；当我们老了，流年的光晕再也留不住青春的痕迹，大河东流去，我们争取的目标是老而不衰、老当益壮，为家庭和社会减轻负担，在人生的路上潇洒走一回；

当我们老了，可以放松自己，过些清闲的时光，不再需要朝八晚五，日出而作，日落而息，早品一壶清茶，午读半日闲书，夜听一阕舒曲，高兴时哼几句小调；

当我们老了，对人对己对事物不再刻薄，而视为落花流水，天意浑成，云卷云舒，花开花落，少了许多闷气和倔气，多了一些安逸和自在；

当我们老了，方知道生命的宝贵，健康的重要，亲情的淳朴，友情的久长，才需要去感恩父母、感恩生命、感恩亲情、感恩友谊、感恩社会；

当我们老了，才明白我们没有任何骄傲的资本，幼稚、鲁莽、青涩、轻浮离我们远去，残存的只有自省和豁达；

当我们老了，愈懂得生活的不易，爱过，恨过，得过，失过，风霜雨雪，酸甜苦辣经受过，岁月的历练、坎坷与艰辛使我们感觉幸福的真谛还很远很远；

当我们老了，学会放弃也是一种智慧，年轻时什么都想拥有，可就像猴子掰苞谷，摘一个，丢一个，现在可以放弃奢望，放弃虚伪，放弃浮躁，放弃不属于你的一切；

当我们老了，“红眼病”、嫉妒心、狂妄和无奈、固执和倔强都化为烟云，随风而去，一切可以淡然，是非曲直，功与过让别人去评说，沧海桑田随时间推移，我们只需要一份尊重和谦让；

当我们老了，会多病，会色衰，会有莫名的伤感和惆怅，会有许多的怀念和遗憾，但生老病死、季节轮回是一种自然规律，只要心态不老，我们夕阳依旧正好。

年味

又到一年腊月时，空气中开始若有若无地飘起年的味道，城市的大街小巷、角角落落都已盛装打扮，期盼着新年的到来。而在不少市民的印象中，如今的年随着生活节奏的加快渐渐失去了味道，唯有儿时的年味永远沉淀在心底。那时虽然没有高档的电脑，没有高额的压岁钱，但是却有着浓浓的喜庆和亲情味道，让人回味无穷。

在我童年记忆中，那时过年，是一年中最快乐最幸福的一段时光。刚一进腊月，像我们这些农村山里的孩子，就掐着指头算，什么时候过年。总感觉时间过得太慢，经常围着大人们嚷嚷什么时候杀猪，什么时间该买年货了。那时的大人常对我们说的一句话是："伢崽伢崽你莫馋，腊八一过就是年；伢崽伢崽你莫哭，过了小年给你杀肥猪！"我们就在这样的期盼中等待年的来临。

那时，农村的物质生活是非常落后的。一个农村家庭能吃上一顿好饭，那就是年饭了。穿上一件新衣服，也就是过年了。盼过年，就是想吃点儿好的、穿件新衣服，好好玩一玩了。腊八到了，奶奶煮了一锅腊八粥，其实就是粥里放了几样豆子，我们吃起来都是喜洋洋的，舍不得把豆子都吃了，就挑出来用水冲净，留着慢慢吃。嘿嘿，想起来真有点像孔乙己吃茴香豆的样子！小年过了，家里开始张罗杀猪的事儿了，其实，那时并不是年年都杀猪，农村一般是隔一年杀一次猪，这也是我们非常高兴的事儿。从早晨起来，我们就跑前跑后开始忙活，抱柴火、烧水，等等。要是赶上哪家杀猪，很多人都会来看热闹，也感觉挺自豪的—因为那时不是每家都能杀得起猪的。杀猪了，自然要请左邻右舍和叔叔爷爷们来家吃杀猪菜，那时的杀猪菜就是猪血豆腐、五花肉加薯粉做成滑肉、辣椒炒猪杂，大家吃得真香啊！满面红光，笑声不断，邻里之间那种和睦和友情真是胜过兄弟。邻家伯母做得一手杀猪菜，就是现在还会想到吃她老人家做的杀猪菜的味道，那真是美味佳肴。虽然那时家里并不富裕，但爷爷奶奶并不吝啬，亲友都要给猪肉，一头猪分完了也剩不了多少，在我们幼小的心里总有舍不得，也正是大人们这样的性格和人品影响了我们，让我们养成了宽厚待人的品德。

除夕快到了，我们差不多大的小伢崽都开始张罗篾片扎灯笼，除了自己除夕晚上拿的灯笼外，还扎大的灯笼挂在院子里。让我们最高兴的是穿上了新衣裳，大人们给我五毛的压岁钱，赶紧跑到商店买点鞭炮，回来把它拆了，一个一个放，要放到正月十五。

年夜饭要吃很久。大人们除互相敬酒外，还要猜拳，个个喝得像关公。吃好年饭一家人围在炭火旁取暖守岁，其乐融融。那时没有电视，更谈不上看春节晚会，一个个围在炭火旁漫谈天南海北，谈一年的收成，谈未来的理想，叮嘱小伢崽要好好读书，过年大了一岁要懂事，等等。初一早晨，我们小伢崽就会到各家各户串门拜年，拜年结束就开始做游戏，踢毽子、跳绳、踩高跷、打纸牌、捉迷藏，快快活活，应有尽有。整个正月都不得闲，除了玩，就是乐。所以在我的眼里，童年时的过年，才是我一生中最快乐的时光。

随着时代的进步，科技的发展，现在过年的内容比过去丰富了许多，文化生活也是多姿多彩。不出门在家里看电视晚会，微信拜年，享受文化大餐，大鱼大肉、海产品，但总觉得少了些东西，没有了过去那种年味，那种年俗，那种年的气息。我想，“年味”并不是单纯物质的丰盛，而应该是精神的丰盛。我们丢失的是传统文化的氛围，而不是缺少对“年”的感情。我们感觉现在的年味变得越来越难以追寻，“累、贵、挤”已成为过年的关键词，千辛万苦地赶回家过年，吃喝睡却成为重头戏，记忆里那个单纯美好的佳节已经一去不复返。我们经历了童年过年的快乐，我们能给我们的子孙留下什么呢？当他们到了我们这个年纪的时候，回忆起来是怎么过年的，还有那些值得回忆的美好时光吗？

从烦恼中仰望幸福

寻找幸福就像登山，羡慕别人比你高，却不知后面的人也在羡慕你。

先贤说，把心沉静下来，什么也不去想，就没有烦恼了。他们可以什么也不去想，就沉静下来，而芸芸众生的烦恼，却像涟漪一般，一层一层荡漾开来。

幸福总围绕在别人身边，烦恼总纠缠在自己心里。这是大多数人对幸福和烦恼的理解。差学生以为考了高分就可以没有烦恼，贫穷的人以为有了钱就可以得到幸福。结果是，有烦恼的依旧难消烦恼，不幸福的仍然难得幸福。

烦恼，永远是寻找幸福的人命中的劫数。寻找幸福的人有两类。一类像是在登山，他们以为人生最大的幸福在山顶，于是，气喘吁吁，穷尽一生去攀登。其实，幸福这座山，原本就没有顶也没有头。

另一类人也像在登山，但他们并不刻意要登到哪里。一路上走走停停，看看流岚，赏赏虹霓，吹吹清风，心灵在放松中，得到某种自足，尽管不得大愉悦，然而，这些琐碎而细微的自在，萦绕于心扉，一样芬芳身心，恬静自我。

对于心灵来说，人奋斗一辈子，如果最终能挣得个终日快乐，就已经实现了生命最本质的价值。

有的人本来幸福着，却看起来很烦恼；有的人本来该烦恼，却看起来很幸福。

活得糊涂的人，容易幸福；活得清醒的人，容易烦恼。这是因为，清醒的人看得太真切，一较真，生活中便烦恼遍地；而糊涂的人，计较得少，虽然活得简约，却因此觅得了人生的滋味。

所以，人生的烦恼是自找的。不是烦恼离不开你，而是你撇不下它。

其实，谁都是幸福的。只是你的幸福，常常感受在别人心里。

家的意义

家是什么？

有一句歌词唱得好，“家是最小国，国是千万家”，这是从广义上来讲。从狭义上看，家会很小很小，螺蛳壳是蜗牛的家；家会很大很大，宇宙是星星的家。

家会很轻很轻，像一粒浮尘，被人一指弹掉，不留一丝痕迹；家也会很重很重，像一座铅山，压在脊上，使你寸步难行。

年轻人说：家是粉红色的玫瑰，有刺更有蕾；家是甜蜜的吻，热烈的相拥，柔情似水的情话和思念时的邮票。

中年人说：家是心灵与肉体的港湾，是能停泊万吨巨轮也能栖息独木的小舟；家是无私的付出与接纳，家是脱去疲劳的热水澡，也是唯一隐藏自己缺点与失败的地方；家是一副重担，我愿这边的力臂短，你那边的力臂长。

老年人说：家是黄昏湖边的搀扶，家是灯下互相剪去的丝丝白发；家是一件旧风衣，风也是它雨也是它；家是虽非一见钟情，却望白头偕老的漫漫旅程；家是墓前的一枝黄菊。

孩子说：家是妈妈柔软的手和爸爸宽阔的肩膀，家是一百分时的奖赏和不及格的斥骂；家是可耍赖撒谎当皇帝，也得俯首听命当奴隶的地方；家是既让你高飞又用一根线牵扯的风筝轴。

养家的人说：家不是勋章，你挂在胸前，别人也看不见；家是一条暗地里逼你不断挣钱的鞭子，直抽得你遍体鳞伤。

弃家的人说：家是一种经营能力，一种学习重负，我自忖无力从那里毕业，就只有选择中途逃亡。

无家的人说：家是羁绊，家是约束，家是熄灭人创造激情的沼泽地，家是一种奢侈的浪费。

恋家的人说：家是树上的鸟窝。纵然世界毁灭，只要家在，依然有一切。

恨家的人说：家是爱情的终点，家是英雄气短的坟墓；家是累赘，家是负担；家是挂在你项上的枷锁，家是你自卖自身的契约。

家，是大千世界的缩影。人在家中卸去了社会重重角色的面具，露出最真实的天然嘴脸，人性的善与丑，方寸之间，纤毫毕现。一代伟人，能治理好一个国，未必能调理好一个家。能统率千军万马的将军，可能是妇孺裙钗的败将。

有人以为家是最自由最放任的所在，可以放荡不羁。其实，家是最考验责任感的圣坛。对一个你所挚爱的人都不忠诚，你还能为世人所信吗？对一个托付终身的人都无法负起责任，你还能承诺他人的期嘱吗？连自己的一脉血缘都不能照料和抚育，你还能爱国爱民吗？在家中，我们看到了太多的丑恶，对亲人施暴的人，不可能对他人仁慈；在家中阴郁的人，不可能对太阳微笑；在家中算计的人，不可能真诚对待友人；在家中粉饰虚伪的人，不可能直面惨淡人生。

所以，对于没有准备好的人，请不要撕下走进家庭的门票，如果没有爱自己也爱他人的能力，请不要构造家庭的地墓。

许多人抢着从家庭掠取支援的动机，匆匆为自己寻找一个可供汲取能量的后勤仓库。殊不知，家庭不是无中生有变出魔力的黑斗篷。家庭的温暖，需要无私无偿的培育和付出，然后才会像青草一样，毛茸茸地生长起来。一旦失去爱情的滋养，再稳固的家，顷刻也会风化剥落。爱的力量，有时很强大，有时很贫瘠，全靠你是否用心血来浇灌。

如果你没有爱心和责任，请慎重选择孩子。

家庭缔结之时，并不是简单男女相识，而是诞生了另样的结构，一个崭新的物种。这个物种的花朵和果实，就是孩子。

一花一世界，一家一宇宙。婴儿降临世上，家是包裹他的蛹壳。倘若家中注满健康的爱的花粉，他就吸吮着它，用爱滋养构建着自己的听觉、嗅觉、知觉，渐渐地酿成心中小小的蜜饯。在爱中长大的孩子，爱是他的羽毛，爱是他的长矛。在爱中蓬勃成长的孩子，他看天下，就比较明朗；他看人性，就比较乐观；他看自身，就比较尊严；他看他人，就比较客观；他看丑恶，就比较勇敢；他看前途，就比较光明；他看事物，就比较冷静；他看死亡，就比较泰然。

在纷乱和丑恶的氛围中成长的孩子，是伪劣家庭的痛苦产品。他们在家中最先看到并习得的待人处世经验，是破碎疏离和粗暴残酷。他们是那样幼小，缺乏分辨能力，以为这就是人世间的模型。当他们走进社会的时候，会不由自主地以不良家庭的模式对待他人，将紊乱与不协调传染到更远的范畴。更令人惊惧的是，来自不完美家庭的孩子们，彼此具有病态的吸引力，仿佛冥冥中有一块恶作剧的磁石，牵引性格有缺憾的男女，格外同病相怜，迫不及待地走到一起。病态中建立的家庭，如履薄冰，全是悲剧。如果不能卓有成效地打断铰链，这种会伤人的家庭，就像顽强的稗草，代代相传，贻害无穷。

家可以很单纯，一个人也是一个完整的家。家可以很复杂，整个地球是一个共同的屋顶。

家啊，是理解奉献思念呵护，是圣洁宽容接纳和谐，是磨合欣赏忠诚沟通，是心心相印浪漫曲折，是生死相依海角天涯……

我的童年

每个人的童年是不一样的。有的是花红柳绿，有的是灰黄辛酸。但每个人的童年记忆应该是刻骨铭心的。童年的生活有追忆，有惆怅，有留恋，也有惋惜。

我的童年是不幸的。生不逢时，我出生的这年，神州大地正在如火如荼地进行一场史无前例的“大跃进”和人民公社化运动，我就是在这个火红的年代于 1958 年 8 月 16 日一出生在江西崇仁县相山镇的一个小山村一田西。虽叫田西，但实际上是山多田少，交通不便，可谓穷乡僻壤。政治气候是长城内外农业放高产“卫星”，全民大炼钢铁，虚报浮夸，急躁冒进病蔓延大江南北，工农业生产遭到极大破坏，人民生活发生严重困难。我这个小山村也不例外，本来就贫穷，生活艰难，现在更是难上加难。据村里老人回忆，由于粮食不够吃，许多人挖野菜，吃观音土、糠饼等，饿死了不少人。

我这个村是邻县乐安大华山脚下谷岗圭峰村迁移过来的，所以主要以陈姓为主，少部分杨姓的。全村人口不过百把人，但山清水秀，风光旖旎，毗连崇宜乐，去宜黄的大王山也就是几华里路。爷爷在新中国成立前是撑排的，山里毛竹多，过去主要是靠水运，从我村里放排到崇仁县城水路有几十公里，非常辛苦。不过他非常勤劳和聪明，村里人都叫他“孔明”。他靠放排和做点小生意，赚了一些钱，收购了不少山林和田地，在方圆几十里应该说还是比较富裕的，快新中国成立时，爷爷把山林和田地卖了，换成银圆，所以新中国成立后我们家被评了个中农。新中国成立后由于家庭人口多，剩下的山林和田地都归集体所有，生活相对来说就比较差了，但应该说吃得饱，不挨冻，一家人也其乐融融。不幸的是我父亲是老大，1963 年国家困难时期，因为吃不饱，他人又长得高大，炎炎夏日为生产队扛木头，鼻子上长了疔疮，在那个缺医少药的年代，得病一个星期就去世了。那时我才 6 岁。记得父亲为了吃饱，有一次当家人都去劳作时，偷偷在床底下用泥炉子焖饭，母亲责怪他自私，为此他俩吵了一架，并当场把炉子砸烂。现在想来，我应该理解父亲的“过错”，斗米折腰，壮劳力饿得难受啊！也应该理解母亲的行为，因为母子连心，再饿你也得省给儿子吃呀！那年月，一年到头见不到油腥味，最盼望是哪家磨了豆腐，赊几块豆腐吃，就是过年了。父亲去世后，爷爷整天闷闷不乐，姑姑出嫁后，我两个叔叔老实本分，甚至有些愚昧和痴傻，小叔叔到现在快 70 岁还是孑然一身。所以千斤重担就落在我爷爷身上，奶奶和母亲毕竟是女流之辈。

屋漏偏逢连阴雨。我 10 岁那年的一天，傍晚下课回家，在路上听到屋里一片哭声。我心想，出大事了。我快步跑进家里，来不及放书包，只见爷爷全身肿胀，眼睛微闭着。我问奶奶：“爷爷怎么了？”奶奶回答：“蛇咬了。”我只知道哭，不知怎么办。村里的叔叔伯伯们说，“赶紧找赤脚医生”。可等赤脚医生赶来，人就不行了。后来了解，因为我爷爷实在是太勤劳了，三伏天中午，人家都在家里歇凉，他老人家去开荒弄块自留地，砍杂时被一种叫红丝线的毒蛇咬伤，这种蛇含有剧毒，如不及时处理，不超过一天即死亡。不到三年，小小的我，经历了父亲、爷爷相继去世，母亲因为太年轻，23 岁守寡，后改嫁邻村的方姓人家，也是我的继父。我一个 10 岁的懵懂少年，感觉天都塌下来了，只感觉命运这样捉弄人，压得喘不过气来。都说少年丧父是人生的悲难之一，可老天爷连我爷爷也不放过，这不是雪上加霜吗？真是欲哭无泪、苍天不公啊！

好在奶奶身体还不错，尽管旧社会残害妇女，把她绑成了一双小脚，但很精明。爷爷去世留下了20余块银圆，靠这些银圆补贴家用和供我上学，邻居家闫良发同学的父母和大队民兵营长彭风才伯伯对我们祖孙俩也很关照，使我们感到生活还有希望。

我的小学启蒙老师，是个外乡人，名叫游贵保，人很瘦，也很精干，说话轻言细语，对学生从来都是讲道理，不会训斥、体罚。因为我是个没有父亲的孩子，他经常会到我家和我奶奶交流我在学校的表现，也时常鼓励我好好学习。“文革”开始后，学校乱成一团，老师变成“臭老九”，老师不上课，天天成为批斗对象。记得有一次，在学校教室里，红卫兵把游老师吊在木梁上，脚下放一把条凳，把他的手连着手摇电话机线，当电话机摇把一摇，老师触电后就本能地把条凳踢开，就悬空吊在梁上，非常残忍。折腾完了，红卫兵连水都不给喝。等红卫兵走后，我悄悄把老师带到家里，奶奶不怕，弄了两碗凉茶给游老师喝，我第一次看见老师流泪。后来，我的老师由于受到“文革”折磨，加上他几十年在乡村教书，背井离乡，身体较弱，不到60岁，就撒手人寰。想想，这真是“文革”悲剧。

奶奶望子成龙，对我的教育十分关心。尽管囊中羞涩，还是把我送到相山镇(原凤岗中学)上初中。1969年9月我第一次离开小山村，离开奶奶，到16华里外的中学当寄宿生。我记得到学校报到，要带米和柴火，换饭票。奶奶小脚扛不动，我一个13岁的小孩，分两次把米和柴火交到学校，一路歇了无数次。“文革”中的中学，基本没有上什么课，发的书就是《数学》《现代工业基础知识》《农业基础知识》《历史》等，老师和学生大部分时间都在相山脚下的老虎港农场学农，每天种菜、养猪、担砖瓦。更为可笑的是，农场还种植苹果，采摘的苹果又酸又小，涩味十足，教农业基础知识的老师还津津乐道地说，把北方苹果引进农场是创举，真是荒诞至极。本来初中生是身体发育时期，可学校伙食极差，青菜用两块肥肉在锅上涂一下煮熟就算，汤就是白开水加盐，一点儿油腥也见不到，每个星期家里带去的红辣椒干炒梅干菜也变得索然无味。由于营养不足和劳累过度，有一天晚上发疟疾(打摆子)，一会儿冷一会儿热，在迷迷糊糊中从寝室双人床上掉下来，扭伤了，同学们下自习后，同寝室同学把我送到医院，一个人躺在医院，默默望着医院的天花板，品尝着举目无亲的滋味。

初中毕业，因为我是班里的团支部书记，学习成绩也好，班主任喻彪老师、乐爱礼老师挽留我继续上高中。我想，书是不能再读了，一则家里穷，奶奶年事已高，负担不起；二来当时学校确实也学不到什么知识，不如回家赚点工分。奶奶的那几块银圆也已经补贴光了，我已经 15 岁了，可以养活奶奶了。于是我回到小山村参加集体劳动，记工分是到年底有分红的。我要学会我们山里人所有的农活，犁地、耙田、插秧、打谷、撑排、伐木、堆垛。而记分是按照壮劳力、弱劳力、妇女等不同等次确定底分和完成任务情况每晚进行评定的。有一天，我和壮劳力一同参加扛杉木，从山里到河岸，有10余华里，所有人到山里后根据体力可以自由选择不同的重量，但有一个规则，沿路从山里到河岸所有人要进行换肩，一路上设若干个轮换点，即每个扛杉木的人进行重量轮换，一直轮到河岸，10余华里。我个子小，但那天所有的壮劳力扛过的杉木我都轮换过，山里的路坑坑洼洼，路上有沟有坎，空手走都要小心，何况肩上还要扛着一两百斤的杉木。为了赚满这10分，我连吃奶的力气都使尽了，一天下来我几乎绝望了，多次想到放弃，但最终咬牙坚持下来了。到了晚上评分，按理说，我今天的劳动量与壮劳力是平等的，工分应该为10分。可我们生产队长欺负我这个没爹的孩子，说最多给我8分，我当场号啕大哭，感到世界是多么的不公平！在生产队当了两年农民后，吃了不少苦，也受了很多屈辱，人也面黄肌瘦。后来，我的继父了解情况后通过关系，把我送到公社当通信员，从此离开了这个生我养我的小山村，直到后来瞒着我的奶奶参军入伍到遥远的北方。

我的童年，去到公社应该是人生的一个转折。山里的孩子能吃苦，尽管每天早起晚睡，日复一日打水、扫地、刻钢板油印、收发文件、送送通知，以及种菜、跑腿、整理客房，这些不起眼的小事，很累很烦，但很充实，起码吃得饱饭，不会遭受别人白眼，感到做人有尊严了。

看今天的儿童多幸福呀！他们有多少花样翻

新的玩具呀！他们有多少儿童乐园、儿童活动中心呀！他们饿了吃面包，渴了喝这可乐、那可乐，还有牛奶、冰激凌。电视、手机、游戏机、平板电脑，信息从天空、海外，越过高山大川，纷纷蜂拥而来。他们才真是“儿童不出门，便知天下事”。可他们不知道我们那个年代的贫穷、生存不易啊！

虽然我的童年是灰黄的，但时代在进步，雨过天晴，云开雾散。“文革”结束，国家在小平同志带领下，全面开始治理整顿，经济得到恢复发展，我个人也在党组织和各级领导的关心培养下，由一个山里的穷孩子成为了一名军人。从此，翻开了我人生新的一页。

越是舍不得，越是得不到

当你紧握双手，里面什么也没有；当你打开双手，世界就在你手中。

很多时候，有舍方才能有得，不懂得舍，便不能得。我们之所以感觉不快乐，是因为我们渴望拥有的东西太多太多。

有一个人觉得生活很沉重，便去见智者寻求解脱的方法。智者给他一个篓子背在身上，指着一条石子路说，“你每走一步路就捡一块石头放进去看看有什么感觉？”那人说很沉重。智者告诉他，这就是为什么感觉生活越来越沉重的道理。那人又问：“有什么办法可以减轻这沉重吗？”智者反问他：“你愿意把工作、爱情、家庭、友谊、金钱、地位、名声哪一样拿出来扔掉呢？”那人长久沉默。由此看来，人这一辈子只有两个时候最轻松：一是出生时，赤条条而来，背着空篓子；一是死亡时，把篓子里的东西倒得干干净净，然后赤条条而去。

生活中，大多数人总希望有所得，以为拥有的东西越多，自己就会越快乐。所以就会沿着追寻获得的路走下去。可是，有一天忽然发觉，忧郁、无奈、困惑、伤心、无聊，一切不快乐都与自己的欲望有着密切的联系。我们想要的越多，反而越不快乐，想得到的越多，反而失去的也越多。

人在寻找得的同时，总要付出一种代价。正确地认识得与失，人就会在得到的时候，懂得必然的失落；也会在失落的时候，懂得如何从失落中找回自我。

有一个故事，说兄弟二人皆立志远游修道，无奈父母年迈，弟妹年幼。老大家里还有病妻弱子，所以一直未能成行。某日，一高僧路过，兄弟俩都要拜其为师，并将家中难处诉说一遍。高僧双手合十，微闭双目，喃喃自语：“舍得，舍得，没有舍哪来得？你二人悟性皆不够，十年后我会再来。”然后飘然而去。哥哥顿悟，手持经书决绝而去。弟弟望望父母，看看病嫂幼妹，终不能舍弃。十年后，哥哥归来，口诵佛经，念念有词，仙风道骨，略见一斑。再看弟弟，弯腰弓背，面容苍老，神情呆滞，反应迟缓。高僧如期而至，问二人收获。哥哥说：十年内游遍名山大川，走遍寺庙道观，背诵真经千卷，感悟万万千千。弟弟说：十年内送走老父老母，病嫂身体康复，幼妹成家立业，但因劳累无暇诵读经书，恐与大师无缘。高僧微微一笑，决定收弟弟为徒。哥哥不解，追问缘由。高僧说："佛在心中，不在名山大川；心中有善，胜读真经千卷；父母尚且不爱，谈何普度众生？舍本逐末，终至与佛无缘。"

古人有云：命里有时终须有，命里无时莫强求。孟子曰：鱼，我所欲也；熊掌，亦我所欲也。二者不可得兼，舍鱼而取熊掌者也。一个人在世间，必须首先尽好自己的责任，做好自己该做的事，否则一切追求都是浮云。卡耐基有过这样一段话：我们在生活中追求快乐，并不在于我们身处何方，也不在于我们拥有什么，更不在于我们是怎样的一个人，而只在于我们的心灵所达到的境界。

因而我们学会了从得到中失去，从失去中获得。抛弃刻意追求卓越的野心和欲望，忘掉时时不如意的烦心和困惑，守住简单，我们就是快乐的、幸福的。

怀念继父

继父走了两年多了，每每想起，我的心还总是不由得抽泣。昨晚深夜，梦见在老房子里，我和几个亲人跪在继父的遗像前，我把头低低地伏在地上痛哭着。忽然看见继父站起来走向我，责怪："你都这么大了，还哭哭啼啼的，再不能伤心了。"我哭着说："爸爸，你受了一辈子的苦，还没享几天福就走了，还病了两年……"

我哭醒了，满脸是泪，仍闭着眼睛静静地躺着，仍由冰凉的泪水顺着脸颊慢慢地流淌着……想念继父，感激能与继父在梦中相见。

都说父爱如山。而说起我的亲生父亲，连张照片都没有留下，我很小时父亲病故，记忆中再也无法找回父亲的模样，听妈妈说父亲县城都没有去过。所以我对亲生父亲的记忆，全在继父对我的关爱中体会和感知。10 岁那年，母亲再婚，她和继父有缘成为相濡以沫的伴侣，从此我叫继父为"爸爸"。

我当时幼稚地想：反正我没有父爱，管继父叫“爸爸”又何妨？不承想，这个让我喊了快50年的‘爸爸’，竟真正成了我慈祥、宽厚、善良的父亲。

继父高大干练，70多岁时仍然容光焕发，头发虽然花白，但非常精神，不管穿什么衣服，永远是那么干净整洁，走路永远是抬头挺胸，大步流星，显得那么的自信而神采奕奕。

初次相识继父是与奶奶到继父家做客，尽管只有5里山路，一路上心里七上八下，忐忑不安。继父会不会接纳我？可一见面后，继父摸着我的头说“不要怕，以后有什么困难我会帮助的，我一定把你当成自己的亲生儿子”。他说到做到，那时继父担任邻村大队书记，到公社开会或办事都要经过我们村，每次他都会拐进来到家里看奶奶。我上初中时要到公社所在地凤岗读书，离家很远，他都时不时地去学校来看我，有时还塞几块钱作为补贴。初中毕业，家里穷，未能上高中，我回到村里务农。因为年少，个子又小，经常受到大人们的欺侮。继父看在眼里，急在心里，想方设法把我安排在大队水电站工作。在电站工作，平时关关电闸，爬爬杆子，装个灯，问题都不大，但一到冬天，河水干涸，需要用柴油机发电，我因为力气小怎么弄也发动不起来，气得直哭。继父了解后，又给我弄去当赤脚医生。一年后听说公社通信员上中专了，又连夜去找时任公社党委书记，把我安排到公社当通信员。当通信员要会骑自行车，继父又教我骑自行车，他扶在自行车后，我不会刹车，一不小心，俩人同时掉进河里。我怪自己很笨，可他没有半点怒言，反而安慰我，“慢慢来，不着急”。我当时想，就是我亲生父亲也难做到啊！

16 岁开始了我迁徙的生涯。当兵，提干，参战，结婚，生女，调动，转业，生活一天天地好起来，日子也愈来愈顺心。可家里的父母却一天天苍老，但二老念念不忘的是对我们兄弟姐妹的牵挂。

最令人感动的是 1979 年我参加中越自卫反击战，时任师司令部通信科参谋的我，出于保密需要，在离开部队前写了一封信回家，说是去广西田阳县学习，继父接信后告知了奶奶和母亲，说我肯定不是学习，而是参战去了，他们在家里天天流着泪水，通过收音机收听来了解前线情况，生怕我有闪失。当我们班师回国后我打了封电报告诉他们我已回部队，他们在家放鞭炮庆贺。

继父平时对我要求很严，经常教导我怎样做人，特别是我担任了一定职务后，叫我一定要谦虚谨慎，好学勤奋，廉洁自律。我结婚，他要求我到部队办理，在师部招待所两张床一并，变成新房，总共开支才 120 元。连个结婚照都没拍，后来到地方工作后才补了张结婚照。

继父一辈子都从善如流，热心公益事业。村子里的桥、路、牌坊、学校都是他最牵挂的，经常找乡贤、朋友捐助家乡修桥补路、通电通水，妈妈经常埋怨他多管闲事，可他从来是这个耳朵进、那个耳朵出，非常执着，就是在结肠癌开刀化疗期间还惦记村里新农村建设的进展情况，规划、绿化、活动场所是不是达到标准，资金够不够，群众配不配合，等等。他好人有好报，出葬那天，有200多人来送他，有的没通知到的也跑来了，许多人在棺前情真意切地哭，他真的是遗爱人间。

继父走了，从此世界上不会再有一个男人像父亲一样爱我。没有他的付出，就没有我的今天！愿他的灵魂走好，直到万物复苏的时候来到，该是不远了。继父，愿你在天堂安好！

我的岳父童学良

在这世界上，人是一个非常脆弱的动物，经不起身体和精神上的创伤，即使你曾经多么的强壮、聪慧、富有、无敌。但是一旦遇到身体和精神上的创伤，就会烟消云散或者永远地退出历史舞台。逝者如烟，可伴随亲人们的伤痛，却像烙印在心上永远也不能消亡。屈指一算，今天离我岳父大人去世已经近十个年头了，可总感觉他的音容笑貌犹在，他的一举一动时常在我的脑海中浮现，他的谆谆教导常在耳边响起，永远铭刻在心中。

都说人是活在现在和未来的时空里的，但每个人也是从曾经的历史岁月里走过来的。有些事情，可能已经淡忘，不留一丝一毫的印记。可有些事情，我们会记忆一辈子，当我们年老之时，偶尔的回忆瞬间，心中会有莫名的伤感1记忆中的岳父大人，是那么的亲切，那么的慈祥，可在我的老家江西崇仁小县城人们都说他是个传奇人物。说他传奇有二：一是他从出生到去世，在家乡工作几十年，从未挪过窝儿，尽管组织上多次要提拔重用，他总说，其他同志比他优秀，还是把机会给优秀的同志吧。二是他25岁担任组织部长、县委常委，可一不留神，又做个工作组组长，相当于现在的股级干部，但他从不计较，真正体现了革命干部是一块砖，哪里需要哪里搬；更难能可贵的是，哪里有急难险重任务，组织上第一个想到的就是他——童学良。他1949年参加工作，1950年3月入党，是新中国成立后发展的第一批党员。1954年调任中共孙坊工委书记——孙坊地处平原，农业以种植水稻、棉花、甘蔗为主。为解决农田灌溉问题，他深入基层，调查研究，实地考察掌握大量的第一手资料，然后群策群力，先后兴建了“石路水库”“石桥水库”“小山水库”，结束了该地区农民用水车运水的历史。《人民日报》记者闻讯，以《一步一个脚印》为题做了详尽报道，发表在1957年11月的《人民日报》上。1960年10月，我岳父调回县委任宣传部长一职。上任仅18天，时任县委书记周文清即找他谈话：“鉴于该县航埠公社粮食产量虚报浮夸，饿死不少人，群众不满情绪日益加激，大有炸平庐山之势，经研究，希望你到航埠公社兼任党委第一书记，做好群众安抚工作。”他老人家二话没说，临危受命，走马上任。第二天，他微服私访，深入农户，调查摸底，核实情况，据实上报缺粮户，争取到上级下拨计划粮 18 万斤，专供无粮、少粮的贫困户，将 1000 多名群众从死亡线上拉回，群众感恩戴德，高呼“共产党万岁！”1961 年 6 月调离航埠时，群众依依不舍，夹道挥泪相送。

初识我岳父大人，是在 70 年代初期，我有幸到崇仁县风岗公社当通信员。此时，他已是崇仁县委常委兼公社党委书记。公社办公室邹主任把我领到他面前，我看到这么大的“官”，低着头心里忐忑不安。然而他老人家对低着头的我看了看说了句“伢崽，莫怕，勤快做事。不懂怎么做，多请示邹主任”。这时，我才仰视了一下他老人家。个子不高，体态微胖，国字脸，笑容中透露着威严，威严里又感到亲切。第二天，当我提开水瓶到他房间时，他老人家问了我的家庭情况，听后他说：“你是穷苦人出身，我也是，但人穷不能志短，要多学习，求上进，不能虚度光阴。”后来我了解到他老人家也是从小父母早逝，靠他的大伯抚养成长，最困难时，常吃观音土和木（竹）炭来填肚子。好在岳父的伯父有眼光，尽管困难，省吃俭用，让侄子上了私塾，小学毕业，在当时也算得上是文化人。听了岳父的一席话，使我坚定了信念，一定不能辜负他老人家的期望。就这样，除了打开水、整理卫生、送信送报、下发开会通知外，我还学会了刻钢板（蜡纸）、油印，工作之余，也写点“小豆腐块”文章。当了一年多公社通信员，我参军入伍。有领导提议，去部队前给我入个党，到部队有政治资本，可能发展进步快一些。没想到他老人家很有原则，说不行。“没有特殊贡献，不能火线入党。”就这样我带着遗憾到了部队。

岳父平生非常节俭，唯一的喜好就是在工作之余抽几口烟，每日三餐之后总会抽上一口。他养育七个子女，岳母为了家，辞去了在邮电所的工作，做了家庭妇女。因工资很低，经常用红薯、蔬菜煮粥维持大家庭的生计，衣服补了又补，一个漱口的瓷杯伴随了他 50 年。

岳父一生为老百姓活着，“文革”时，他是“走资派，当权派”，造反派想整他，可老百姓把他藏在家里边。谁敢动他，群众就用命同造反派拼。“文革”后，他时任县“抓革命，促生产”指挥部主要领导，对崇仁县恢复经济、生产秩序和动乱带来的影响起了关键性作用。他始终坚持一个信念，一切为老百姓着想，老百姓就是天。想想现在有些干部，一升脸就变，想的是利益当前，能上不能下。这些人在他老人家面前，真是汗颜。他的厅堂，永远挂着两幅照片：毛泽东、周恩来。

岳父走了，我们的心也跟着走了，时常在梦中清晰地与他在一起。老人家生病期间，我和妻子隔三岔五去看他。每每去时，他总是强撑着坐起身，对我们问寒问暖，俨然是父亲对儿女的亲切关怀。

低微的声音，字字诚恳亲切，留在我心里永远是带着泪的感激。

岳父，希望您在另一个世界能听到我的声音，希望您在另一个世界收到亲人们的祝福，希望您在另一个世界能看着我们的家，我们都是那么地想您、爱您……

第二篇

军营情结

走进士兵的行列，就是走进绿色的沃土和原野。士兵对绿色的向往和钟爱，就是对生命的恋情，对祖国母亲的炽爱。

走进绿色

走进绿色，就是走进夏天。

夏天是绿色的季节，到处生机勃勃，到处充满着希望的绿色。

生命的成长离不开绿色。记得孩提时，常常跑到屋后的山坡，翻转松动的石头，拨开湿润的泥土，寻找绿色的萌动……

士兵的生活更离不开绿色。绿军装、绿行囊、绿水壶、绿挎包……到处是绿的方块，到处是绿的视野。走进士兵的行列，就是走进绿色的沃土和原野。士兵对绿色的向往和钟爱，就是对生命的恋情，对祖国母亲的炽爱。记得一位爱好写诗的退伍老兵在写给我的信中是这样描绘绿色的：

你是青松，
我是白桦，
集合在火红的军旗下，
拥抱边关深深扎根，
笑迎风雨默默发芽。
绿色，绿色，
夏天的颜色，

青春的颜色，
战士到哪绿到哪，
祖国给我们最美的称呼，
人民给我们的深情厚爱，
我们将奉献最绿色的年华。

这首诗写出了一种绿色的内涵，是一种灵魂的纯美，是一种精神的高度，也是一种生命的延续，给人以深思和启迪。或许，这便是军人对绿色的特别感情和特殊理解。但我想，人们生活中也需要绿色。没有绿色，就没有生机和活力；没有绿色，就没有希望和期盼。因此，我常常喜欢在夏天的日子里，把思绪浸在窗外或田野那片碧翠欲滴的色彩里，去倾听那绿色的声音，去亲吻那绿色的清香，去吟唱那绿色的希望，去体味一种灵魂深处的感动……

新兵

新兵到底是什么？也许只有当过兵的人才能说出个一二三。在我脑海里的新兵是这样一幅图画：新兵本来就会走路，可刚到部队走起路来有时就同手同脚；新兵就是本来不太会恭维人，但一见到老兵，都会一律喊班长的那些小伙儿；新兵就是都在一条起跑线上，谁也不甘落后，连睡觉都把笤帚藏在枕头下，生怕第二天早上起来抢不到活干的那些毛头小子；新兵就是本来已经操练得精疲力尽，但只要有连长一句“累不累”的提问，便会攒足劲儿齐声喊出“不累”的那帮愣头青；新兵就是一色的着装，一式的发型，开口说话，普通话总别扭，“是”和“四”分不清的新兵蛋子；新兵就是白天训练场上风风火火，不知疲倦，豪言壮语，晚上却躺在被子里想家悄悄流泪的好男儿。

当过兵的人有谁能淡忘新兵的生活？记得步入军营那一刻，锣鼓喧天，绿影闪闪。是谁抢下了我手中的行李？又是谁为我打来洗脸水？那些身影虽经仔细辨认，却又看谁都像问谁都不承认。心里觉得：军营真好，战友真好。

我当新兵时，最怕的还是紧急集合，由此闹出的笑话也最多。第一次紧急集合，因为穿衣服动作慢，落了后，又听新兵们议论，晚上可能搞紧急集合。于是，在睡觉时，索性不脱衣服。睡在床上心里还是不踏实，一遍又一遍地想着还有什么不妥的地方。最后，背上了挎包、水壶，扎上了腰带，仰面朝天躺着。睡不着，再想想还有什么没备齐。想来想去，想不起来，最后一摸脑袋，发现棉帽没戴，便把棉帽往头上一扣，蒙上被子呼呼地睡了起来。前半夜没有事，后半夜睡得太香，结果真搞紧急集合，别人都在黑暗中跑了出去，谁也没有顾得上还蒙着被子睡觉的我，一点名发现只差我一人。

当了 20 多年的兵，最难忘的还是新兵连生活，最怀念的是新兵班长和来自天南海北的新兵蛋子。

想起拉歌的岁月

我们常常慨叹：时光流逝，带走了许多东西，也改变了许多东西。但回首往事，我发现岁月并非无情。岁月的长河沉淀下来的东西，往往是最值得珍惜的，比如拉歌。只要当过兵的人，都有一段永驻心中的美好回忆——那就是连队的拉歌。

连队唱歌就像一日三餐必不可少。训练归来，学习开会，甚至排队进饭堂，都得唱歌。我当兵的通信连，有不少女兵。于是我们的徐指导员还立了一个“土政策”：哪个排歌声整齐嘹亮就让哪个排先进饭堂。为了先吃为快，女兵的丫头们都使出花腔女高音，弄得集体跑调。可指导员还是宣布女兵优先。我们这些七尺男儿哪甘落后，发誓来个“绝唱”，有事没事号上几声，那音符偶尔也会从厕所里飘出。

最热闹的拉歌场面是看电影前的半小时。整个通信营的兵哥兵妹几百号人穿着棉大衣、拎着小板凳集合在大操场上，在冬夜的寒风中，伸长脖子看着主席台上的营长手舞足蹈地指挥赛歌大军。

“一连唱得好不好？”

“好！”

“再来一个要不要？”

“要！”

有女兵混编我们一连占了上风，在“友谊第一，比赛第二”的氛围中，此起彼伏的歌声飞越夜幕飘向天际。我们唱得听不见风声，忘掉了严寒。营长在台上做着全身运动，听说第二天胳膊酸得抬不起来。

你唱一首歌，我唱一首歌，歌声汇成一条河，歌声伴着我们走过了人生的天涯海角。曾经是英气勃勃的小伙、亭亭玉立的少女，现在都变成了体态发福的中年人，白发在我们头上已不难寻找。但想起当兵拉歌的情景，那种兴奋和欢愉，那种精神的充实和真情，那种团结和友爱，是多么令人激动和向往啊！每每想起这些，仿佛又回到了当年的岁月。

睡上下铺的日子

步入军营又走出军营和脱掉军装的我，心中总有那么一段牵情，总是难以忘怀军营度过的岁月，特别是那酸甜苦辣的滋味，更是回味无穷—比如睡上下铺。

凡是当过兵的人，都有过睡上下铺的经历。新兵睡上铺，老兵睡下铺，是军营生活一条不成文的规定。这既体现新兵对老兵的一种尊重，也是对新兵独立生活能力的一种考验。

记得刚到新兵班，初睡上铺，心里老有一种浮在半空中的感觉，尤其是头几天，总也睡不踏实，脸朝墙的一边，整个身子尽量贴紧墙壁，生怕不小心掉到铺下。特别伤脑筋的是，半夜里紧急集合，上铺空间小，蹲在铺上打背包，时间总比下铺多，因而挨批评的次数总比别人多，心里不服气，但也只好忍着，唯一的办法就是勤学苦练，节约时间。

后来，自己也成老兵了，睡上铺的“专利”自然被取消。下铺比起上铺来，当然要方便多了，起码没有爬上爬下的麻烦。但下铺也自有它的弊端，比如会老乡，学习开会，下铺是必备的招待用凳。遇有周末或是星期天，下棋打扑克，桌椅紧张，铺面也就成了“战场”。下铺的内务卫生自然比上铺难搞。下铺一目了然，没有“死角”，不比上铺，要伸长脖子才行。内务卫生的保持也比上铺难得多，一不小心，不是皱了垫单，就是塌了被角。更不舒服的是，睡下铺好像有一种被人窥视的感觉。

那年，睡在我上铺的是一位天津兵，总喜欢脸朝下趴着睡，而我必须仰卧才能入眠，因而一熄灯就感觉黑暗中有一双乌黑的大眼睛看着我，总觉得心口压了一块石头。

铁打的营盘流水的兵，随着岁月的流逝，睡上下铺的日子已经成为过去。但是否可以这样说，当兵的历史就是一段睡上下铺的历史，因为等到你上下铺都睡踏实了，三年的服役期也就满了，等待你的又是一条新的征途。

人生还有多少睡上下铺的日子值得记忆啊！

穿布鞋的记忆

星期天，闲来无事，便翻箱倒柜，清理杂物。在棕色的皮箱里，我又一次看到了那双已磨出了洞的千层底布鞋，从而勾起了我对穿布鞋那些日子的回忆。

那是1979年，参加边境自卫反击战后，我被送往西安空军通信工程学院深造。星期天，学院放假，同学们结队去街上转。大家像过节一样，都穿上了崭新的皮鞋，唯独我穿了一双黑色灯芯绒布鞋。我有点儿不好意思，可他们说，穿布鞋舒坦。为了证实他们说的“理论”，我悄悄地在大街繁华处停下，但瞧来往行人的脚，竟没发现一双如我一般的布鞋，却见有人向我身上、脚上瞧。我赶紧溜之大吉，得出的结论是：说穿布鞋舒坦的人其实自己并未穿过布鞋，只不过是瞧着别人穿得舒服而已，就好比吃惯了山珍海味，偶尔想尝尝腌菜和着小米稀饭。

最令我难堪的是，一次课间集合，学员队政委当着同学们的面，指着我脚上的布鞋笑着说：“陈绍平，还穿这种布鞋，该换皮鞋了。”于是，引得男生、女生尽往我脚下瞧，瞧得人浑身燥热，脚没地方藏。

其实，我已经配发了皮鞋，只是当兵时，母亲反复叮嘱：穿上母亲做的鞋，看见它，能给自己增添工作劲头；想到它，能勤俭节约。因而，我就十分珍爱布鞋。既然别人看我穿布鞋“蹩脚”，那就换上皮鞋呗！哦，有点踩在地上不踏实的感觉。只好自我安慰，新鞋嘛，穿着总有点不舒服，习惯了就行！瞧，皮鞋毕竟不同——鞋面锃亮，鞋底踩在地板上发出的声音也富有音乐感，比起那总是吸附着一层黄色灰尘、像一艘硕大的船的布鞋来，真是强万倍。

还有一个充足的理由可以扔掉布鞋：队里明文规定，每个学员只允许在鞋架上放三双鞋，布鞋的位置既然已被皮鞋代替，那就让它永远被代替下去吧！

本以为事情就此画上一个句号，不料，暑假探亲，当我穿着皮鞋叩响山村的青石板路回到家时，却见屋内床后的墙上挂着三四双布鞋，那是母亲特意为我准备的。布鞋的鞋面仍是厚实的灯芯绒，鞋底仍是用麻线一针针缝起的。

穿布鞋的历史我已有20多年了，一出世，穿的是母亲用零碎的花布拼起的鸳鸯鞋、老虎鞋；上学后，穿着足以让同学羡慕半天的仍是母亲为我做的大口布鞋；再后来，当兵到部队、进院校，虽然鞋够穿了，母亲每年仍要亲手给我做两双松紧口布鞋。

如今，虽然穿着皮鞋，但时常在脑海里翻腾涌起的仍是我的布鞋。尽管穿布鞋的时代已经过去，但想起母亲对我的爱心，想起母亲在灯下的不眠之夜，我就会有一种歉疚感，从而激发自己在新的征途上更加奋进和勤俭。

战士与小草

在所有的植物中，大概就数小草最不起眼了，你看：山坡，道边，原野，高山，甚至废墟，几乎到处都是她的世界。谁也说不清她们究竟有多少。也许正因为她太多了的缘故吧，反倒使人们几乎忘记了她的存在。确实，她不如果木，一到秋天，便向人类奉献出鲜美的果实；也不如大树，一遇盛夏，会给人们留下一片阴凉；更不如花卉，以其花叶点缀庭院，给人以美的享受。她就是她—无人问津，普普通通的小草。

然而，她又是伟大的。是她，给大地披下了一片绿装，没有其他任何植物有如此功能。当风沙滚滚时，她们手牵着手，迎接命运的挑战，阻挡着灰尘的飞扬；当暴雨袭来时，她们肩并着肩，以自己的根系，团结着泥土，抵挡雨水的冲刷……不难设想，如果没有她，我们这个世界，将会是一幅怎样贫瘠而又荒凉的图景呀！

她慷慨地赋予人类这么多，却从不计较自己的处境、待遇，甚至不在乎人们对她的冷淡，总是默默地，然而又是顽强地生长着。野火袭来，她会唱着歌和死神拥抱，直到化为灰烬。然而，当春风吹来时，她将会以更旺盛的生命力出现在大地上。这就是小草的风格！由此，我想到了我们的战士，不也具有这种高尚品质吗？千百年来，尽管我们国家遭受到列强凌辱内忧外患，我们的人民长期生活在水深火热之中，然而我们的战士，在中国共产党的领导下，出生入死，英勇奋战，打出了一片新天地！今天，我们的战士又在党的领导下，为保卫祖国安宁，为祖国四化建设而贡献自己的青春甚至生命！小草，我赞美你！

操场情缘

离开部队已有很多年了，但我至今仍怀念胶东平原那块美丽的草场（确切地说应叫操场）。尽管它和“风吹草低见牛羊”的草场无法同日而语，但我青春年华中极为珍贵的一段就是在那美丽的操场上度过的。

刚到部队是冬天，胶东平原刮着寒冷的风，偌大的操场空旷且荒凉，我们这些新兵便成为那年冬天植在操场上最初的一团新绿。

记忆中的班长们头发从来没有比鞋刷长过，站成一溜儿，也是一带“草坪”。他们训练时专注且泼辣严厉。他们冲你吼得最多的是，知道这是什么地方吗？其余音独特，让你记忆深刻。他们的话是从他们的班长那里学来的。在操场上生活久了，就会产生一种操场情结，似乎不进操场，不在操场上腾挪跳跃、卧倒冲击、摸爬滚打直至筋疲力尽，人的潜能便无法淋漓尽致地发挥出来一样。

第二年冬天，按惯例大操场上又摆起了擂台，各建制连队比武。比武的头天晚上，同班战友宫建臣独自在操场上坐到熄灯号响，次日赛事一开，他全力以赴。在全连武装越野冲线的最后关头，宫建臣踉踉跄跄奔了过来，一头栽倒在线内。大家去抬他时，发现他身上挂了三个人的手榴弹。临行时，他对连长说：“累倒在操场上终生无悔。”

三年的士兵生活，从那个大操场上走出来多少人，难以统计。但有一点可以肯定，大凡和那操场结下情缘的人，那些年一定是军裤左胯先破、解放鞋右脚先烂。

操场上激越的声音，是我们永恒的召唤。

第三篇

大地行草

生命是永恒而真实的，所有的犹豫彷徨是那样的荒唐可笑，面对盎然的春意而沉湎于冬日般失意的冥想之中，实在是对生命的一种不负责任的挥霍；而一味期待阳光雨露降临，只能像是早凋的花儿一样悲伤。

杜娟花开芙蓉山

——悼乐安县红军五姐妹

抗日战争时期，狼牙山五壮士的事迹闻名于世。而在此7年前，中央苏区乐安县芙蓉山下，5位红军女战士纵身跳崖的壮举却鲜为人知。

1934年春，红军主力北上。国民党反动派卷土重来，中共新干县委、县苏维埃政府和独立营遭到国民党军队的重兵合击，被迫突围。由县妇委书记黄秀英带领乐安数名干部和新干独立营部分战士，历尽千辛万苦，转战到芙蓉山一带，同敌人进行了艰苦卓绝的殊死斗争，最后剩下黄秀英、黄清香、邓洪祥、张素英、聂菊英等5位女战士。

一个乌云密布的日子，黄秀英等人在芙蓉山王家崖山腰，遭到叛徒李兴发带领100多名国民党军队截击。李兴发眼看她们没有退路，嬉皮笑脸地向山上喊话："黄秀英，你们没有退路了，快跟我们下山吧。"

黄秀英狠狠地骂道："无耻的叛徒！"随即瞄准前面一个匪兵，"砰"的一枪，打了个脚朝天。

然后一闪身钻进树林，向山下敌人开枪，掩护姐妹们转移。

敌军一边疯狂地扫射，一边紧紧追上山来，黄秀英不幸“挂花。”在姐妹们的护卫下，黄秀英转移到一个草坪上，各人检查行装，发现只剩下两颗手榴弹：一会，敌人又沿着血迹追上来，黄秀英艰难地站起身，大喝一声：“李兴发，我们可谈判”。敌人半信半疑地停止了追击：只见黄秀英理了理头发，一字一句地说：“投降可以，你们先接受我一个……。”礼物。二字还未出口，“轰”的一声，一枚手榴弹投入敌群，几个匪兵应声倒下：她们趁敌人尚未清醒过来，借着弥漫的硝烟，一口气冲到山顶：五姐妹环顾四周，东、西、南三面都是敌人，北面是深不见底的悬崖峭壁：敌人见她们无路可退，便张牙舞爪地狂叫：“抓活的！抓活的！”

最后的时刻到来了！姐妹们却异常沉着：进逼的敌人越来越近，50 米、30 米、20 米……黄秀英向战友们点点头，拉响最后一枚手榴弹，投向敌人：五姐妹齐声高呼“共产党万岁！”纵身跳下悬崖。

几十年过去了，烈士的鲜血已化作一簇簇火红的杜鹃花，开遍芙蓉山。

今日芳草更绿

——芳草村印象

离开乐安县金竹乡芳草村，已近两年了，可芳草村在我的脑海中还是那么深刻，时常激荡着我的心扉……

芳草村位于乐安县南部最偏远的地带，平均海拔800多米，在吓通瀑布群的上游。这里群山环抱，流泉层叠，云雾缥缈，是久居都市的人非常向往的地方。但由于路途崎岖遥远，去的人很少。两年前初秋的一天，该乡乡长杨建平到县城来办事，与我说起芳草村青年民兵之家办得很红火，我便迫不及待地与他一起到那个山旮旯里去看看。

迎着朝霞，踏着晨露，我们一行4人启程去芳草。沿着古老而又曲折的羊肠小道，穿过崇山峻岭，展现在我们眼前的是古木参天，重峦叠嶂，仿佛进入了世外桃源，寂静得只有我们的说话声。偶尔有几只觅食的鸟儿掠过头顶。到了山顶，我满头是汗，浑身上下都透着热气，想稍稍停留歇息，但杨乡长对我们说："前面就开始下山了，最好一鼓作气，否则前功尽弃。”于是，我们继续顺着山路前行，红叶掩映着下山的小路，终于听见了鸡鸣，看到了袅袅的炊烟。到了村口，映入我们眼帘的是许多红军标语，这是当年红军反“围剿”留下来的。芳草人在他们的故土曾经进行过艰苦卓绝的斗争，留下了许多动人的故事。因为是带着任务来的，村干部便把我们领到村里最好的建筑之一——学校附近的“青年民兵之家”。

我不敢想，在这山坳坳里的“青年民兵之家”会办得这么好。设施非常齐全，布置得很有特色，宽敞明亮的娱乐室里小伙子、大姑娘正在唱卡拉OK，村支书说山沟里文化生活单调，“青年民兵之家”是很好的娱乐场所，本来每星期开放三次，今天下雨，所以白天也开放了。他还告诉我，前些年，芳草村虽然是全县的贫困村，但县乡领导没有忘记这块红色的土地，从事扶贫工作的同志一直把他们当成自家人，不仅扶持了许多项目，还扶持了他们的思想，扶持了他们的志气。过去芳草人从不出门，现在也敢跑广东、下福建了，全村每年从外地寄回的现金就有20多万元，村委会也组织在家的劳力种植天麻、杜仲等药材，编织竹器等工艺，人均收入从1987年的500多元增加到1900多元。手头宽裕了，精神生活要求也就高了。现在村里不仅通了电，建起了希望小学，还投入2万多元办起了“青年民兵之家”，既活跃了村里的文化生活，陶冶了情操，还可以学到一些致富本领，真是一举三得的事情。我暗想这位山里的村支书还真有点战略眼光呢！杨乡长似乎看出了我的心思，笑着介绍说：“你别小看他，人家高中毕业后，走南闯北，生意做得红火，收入颇丰。眼看穷村无人当家，他放着生意不做，回到村里当支书，全力发展村级经济，种天麻、杜仲就是他带的头哩。”

是啊，村支部和村民撒播的一片真情已经结出了丰硕的果实，芳草村已成为远近闻名的无赌博、无偷盗、无纠纷、无斗殴的“四无”文明村，全村脱盲率达到100%。是的，山高水也长，芳草人今天的生活证明了：在这个充满生机的改革开放年代，即便是身处山沟的农民，只要勇于开拓，生活不是照样可以一天更比一天好吗？！

登仙桥遐思

秋日，我又一次来到登仙桥。

登仙桥，地处崇、宜、乐三县交界处，坐落在大华山麓的群山怀抱之中，山峦起伏，绿水竞秀。汽车在蜿蜒起伏的山道上疾驶，倚窗而望，缥缈的云雾，淙淙的溪流，颇有凌云轻飏之感。可谁知道，半个世纪前这里曾经有过森严壁垒的战壕和震耳欲聋的枪炮声；有过浓烈难闻的硝烟和高亢激昂的军号声。当年，红军在这块红土地上顶风冒雪、挥师前进的情景早已定格成一帧帧最珍贵的图画，向人们诉说那烽火岁月的动人故事。

1932年2月，蒋介石发动对中央苏区第四次“围剿”前夕，红军主力在周恩来、朱德等率领下，于2月26日在黄陂、蛟湖一带设下了伏击阵地，当国民党军52师进入伏击圈时，红军发起冲锋，一举歼灭该师全部，师长李明负重伤，抬到蛟湖李家坳而死。2月28日，国民党军59师不明战情，也钻入谷岗、登仙桥伏击口袋，师长陈明骥被活捉，59师大部被歼，缴枪万余支，大炮40门。这就是第四次反“围剿”著名的登仙桥大捷。

悠悠64载，弹指一挥间。登仙桥畔的山山水水，村村庄庄，处处勾起人们对红军的深情怀念。登仙桥的百姓们不会忘记，当年的军民关系胜如鱼水。为了胜利，群众运粮食、送弹药、抬担架、搬物资、纳军鞋，踊跃支前忙。红军撤离后，在白色恐怖下，群众冒着生命危险，掩护了许多红军伤病员，涌现了许多可歌可泣的英雄故事。

我站在桥头眺望，登仙桥，经过血与火的洗礼，远方的青山更巍峨，万木峥嵘。昔日连天的战火，如今已化作满天的红霞；昨天震天撼地的杀喊，早已变成嘹亮的欢歌；布满竹签子的阵地，已长满了绚丽的枫叶；探出无数枪管的大华山麓，已飞翔着和平白鸽；青少年们更把她作为接受革命英雄主义和国防教育的课堂。

啊，登仙桥，革命的桥，英雄的桥，不朽的桥。

您是一座历史的丰碑，永远高矗在乐安人民的心中。

飞越美加

美国、加拿大和中国一样，同处北半球，同样幅员辽阔，四季分明。几百年来，我们隔着浩瀚的太平洋与美、加两国遥遥相望。当我们享受正午的阳光时，他们大多还沉浸在睡梦中；当我们的天空上闪耀起北极星的时候，他们的一天才刚刚开始。然而，我们对美、加多少缺乏近距离、同步的、深入的了解。

很早对美、加两国的轮廓源于从记事起的教科书上，后来看了一些关于美国和加拿大的影片及资料介绍，像好莱坞影城、迪斯尼乐园、夏威夷风光、白宫总统府、纽约金融街、联合国大厦，还有什么感恩节、圣诞节、万圣节等都切换和套印在美国的背景里。加拿大这方面基本没有什么印象，只知道它是一个版图很大的国家和国旗是以枫叶为标志的。再后来就是美国黑人马丁．路德．金怎样争取民主、自由，抗美援朝，抗美援越，“水门事件”，硅谷城，和平演变社会主义国家，“9·11”恐怖活动以及电视剧演绎的《北京人在纽约》……

这样，美国给我的印象就是霸道、强权、世界警察、科技发达，一切深不可测！但人是经不住神秘诱惑的，每念起异域的西方世界美利坚，又有一种眼见为实的想法！机会来了，应美国旧金山市长办公室国际经济旅游发展处的邀请，中国国际贸易促进会江西分会组团赴美、加进行商务考察，我有幸被邀请随团飞越太平洋考察了两国的部分城市与乡村，广泛接触了各界人士，体味美、加风土人情，感受他们的政治、经济、文化、社会与中国的差异！

（一）这没有围墙的国度——尼亚加拉瀑布

到过美国的人都会去尼亚加拉瀑布，到过尼亚加拉瀑布的人，都会把这段经历藏进人生最美好的回忆！你别不相信，美、加两国边界上的大瀑布，就有如此的魔力！夜幕降临，高速公路上除去车流“唰唰”的声音，简直就是一片寂静！有着“水牛城”这样有趣名字的布法罗市的灯火，被远远抛在身后！我和考察团的几十个人乘着夜色，朝着向往已久的大瀑布进发……

在美国，你只要说大瀑布，谁都知道是指尼亚加拉！这个天下绝景，是北美五大湖中伊利湖水流向安大略湖的尼亚加拉河，蜿蜒经过一个约 60 米落差断崖而形成的！瀑布每秒钟的水流量为 68 万加仑，集雄浑和秀美于一身！美、加两国在这里以尼亚加拉河为界，共同分享着这个大自然的奇观！

当天晚上，我们的目的地是美、加边境的小镇——尼亚加拉瀑布城。“尼亚加拉”在印第安语中的意思是“雷霆之水”，印第安人认为瀑布的轰鸣，就是雷神说话的声音。果然，车刚刚驶进由无数酒店组成的小镇，一阵阵“隆隆”的闷响就冲进了耳朵。顺着声音，我们迫不及待地奔向瀑布。耳边隆隆的响声还是一刻不停，但夜下的瀑布无论如何也和它雷霆震怒般的吼声对不上号。此时此刻，两国边界投射过来的五色灯光成了瀑布最华丽的装饰。从来没见过那样奔腾坠落的水幕，在光的作用下，似乎更不像人间的流水，而是童话婚礼上，新郎、新娘倾倒的香槟，泛着洁白的泡沫，沿着水晶酒杯叠成的高塔倾泻而下，汩汩不绝……灯光不停地变换，两处巨大的水幕，一会是朦胧的紫色，一会是牛奶般的白色，一会又是柠檬黄色，加上下游河床中腾起团团水雾，眼前的画面，让人不知是真是幻。瀑布在我耳边轰隆了一夜，睡梦中美丽的瀑布夜景还没散尽。第二天清晨，9 点钟的阳光又把我们带进更为明丽的一幅图画。

湛蓝如洗的天空下，一道彩虹画在对岸多伦多美能达高塔头上的天空。就在高塔的脚下，美丽的大瀑布终于让我领略到它最真实的芳姿。

不过，这种“两国一家亲”的景象也不是天生如此。据说，历史上为了争夺尼亚加拉瀑布这块宝地，美、加(英)两国曾于 1812 年至 1814 年进行过激烈的战争，结果谁也没占着便宜。战争结束后，两国签订“根特协定”，规定尼亚加拉河为两国共有，主航道中心线为两国边界。从那时起，两国在瀑布两侧各建一个叫作尼亚加拉瀑布城的姐妹城(一个隶属于加拿大的安大略省，一个隶属于美国的纽约州)，两城隔河相望，由彩虹桥连接，桥中央飘扬着美国、加拿大和联合国的旗帜(美国星条旗在南，加拿大枫叶旗在北，联合国旗居中)。两国都不在此设一兵一卒，人民自由往来，和平共处。

现在，尼亚加拉瀑布周围建设了一系列游乐设施，在加拿大一侧划为维多利亚女王公园，美国一侧划为尼亚加拉公园。瀑布四周建立四座高塔，游人可乘电梯登塔，瞭望全景；也可乘电梯深入地下隧道，钻到大瀑布底下的“风洞”，倾听瀑布落下时雷鸣般的响声。不过美国一侧的居民或游客要想完整地观赏瀑布的壮丽景色，只有过桥到加拿大境内。但是“9·11”之后，对于我们这样的外国人，只有同时持有美、加两国有效签证者，才能合法地通过边境。

(二)远跳自由女神像

举世闻名的自由女神像，傲然屹立在美国最大城市纽约港人口处的自由岛上，高耸入云，为美国东海岸门户的象征。正如看到艾菲尔铁塔就会想到法国，看到大笨钟就会想到英国一样，当看到自由女神像时，人们一定会自然而然地想到美国。远眺自由女神像，它不像希腊巨人那一脸铁青和一身古老的荣耀，不像它那左右逢源的征服者的双腿东征西讨。其实，它更像一个伟大的母亲，它用母亲般温和的目光俯瞰周围，保护所有被旧世界所抛弃的人们。它身穿罗马古代战袍，双唇紧闭，目光温和而坚毅，体态丰盈优美，身体微微前倾，使人感到亲切、自然，气宇轩昂，优雅端庄，英气逼人。长袍曳地，脚上残留着被挣断的镣铐，象征推翻暴政统治，获得自由。

坐着游轮，走近自由女神像，越发觉得自己的渺小，它身高 46 米，连同底座总高约 100 米，是当时世界上最高的纪念性建筑；头戴光芒四射的冠冕，七道光芒象征七大洲；右手高擎的火炬长达 12 米，那灯塔一样的手臂，举着永不熄灭的火炬，日夜守望着这座灯火辉煌的大都会，迎接千百万追随自由和幸福而来的移民们；左手紧握一部象征《美国独立宣言》的书板，上面刻着《宣言》发表的日期“1776 年 7 月 4 日”，以表明誓死追求独立自由的决心和毅力。

据说，该座自由女神像是由法国才华横溢的年轻雕塑家奥古斯梯 · 巴陶第花费 21 年心血设计塑造的，他以妻子杜娜为女神像的形体模特，女神的脸则参照了他的母亲，面庞平和，神情严峻。这也是法国于 1876 年赠送给美国独立战争 100 周年的礼物，是一件不可多得的艺术珍品。现在，在众多热爱自由和民主的人们看来，这已经不仅仅是一尊雕像，而是象征整个美国，美国的精神，就在建国 100 多年后，美国对全世界而言也已经是一个让人难以望其项背的新巨人。

（三）感受圣诞节

纽约的冬天是很冷的。地球暖化尚未达到使这个城市无冰无雪无寒风的程度。但我甚觉宽慰和欣喜的是，即使在寒风凛冽、冰天雪地的严寒日子里，纽约也有很多暖色，那些温暖的色彩往往令人忘却寒冷，甚至觉得冬天也很美好。纽约圣诞到处洋溢着一片欢乐气氛。不论是色彩各异的灯光、精美的装饰，还是节日的歌声、诱人的美食，所有的活动都在向节日靠拢。这次有幸来到纽约，让我用看、听、嗅、触四种方式，带你走进这浓浓的节日气氛，全方位感受圣诞节。

——看。圣诞期间的纽约最有看头，各大商店的橱窗装饰一新，各大公司也都在门口竖起了巨大的圣诞树，挂上各式各样的小饰物。红色的丝绒带、绿色的树叶与金光闪闪的灯饰构成了“纽约圣诞色”，这些花样百出的装饰手法，每一处都让人惊喜。灯光秀和各种精彩展览，还有各大百货公司的橱窗秀和各个博物馆内的圣诞树秀，都会令你流连忘“看”。

——听。圣诞期间最好听的音乐，不见得在俱乐部里，宾馆大堂、酒吧、商店都会有好演奏者为人们带来美妙的节日音乐，如专业的圣诞颂歌乐队Definitely Dickens还会不定期地在不同地方表演，或许就在药店里，或许在公交车上，就要看你有没有好运气遇到他们了。

——嗅。如何“嗅”到圣诞的气息？这听起来有点奇怪，但是，在纽约的几个特定地点，你确实可以“嗅到”圣诞节。肉桂和丁香的香味：圣诞期间，店中会点燃特别的“蔬菜蜡烛”，淡淡的精油香味会弥漫整个空间，让人感受到圣诞节的特殊气质。苹果酒的香味：在圣诞期间，每到晚上5点半，旅馆就会给顾客提供香味苹果酒，这种香味让人很有回家的感觉。新鲜的咖啡香：Mansfield酒店的俱乐部里不像一般俱乐部里那样“烟雾缭绕”，而是被温暖的咖啡香味环抱，这里有咖啡机为顾客制作最新鲜的咖啡，这种咖啡的香味让人想起滑雪场中的小木屋，或许，这种咖啡香味能够给你带来圣诞最甜蜜的畅想。

——触。气温已经很低了，所以你要小心不要在“触摸”圣诞的时候被冻坏。纽约已经降了几场雪，很多地方的雪景美不胜收。你可以去远景公园或是布莱恩特公园，捏几个雪球，和朋友一起打一场雪仗，真正触摸圣诞。你也可以去专门的包装课堂学习如何给孩子们包装最好的礼物，让他们觉得“圣诞老人”的礼物包装技艺一流。这是不是也是“触摸”圣诞的一种方式呢？

除此之外，你还可以去买专门的包装丝带将你的礼物扎起来，有了丝带的礼物，才是最高档的礼物。而在触摸丝带的时候，你的手指和心都会与丝带一起“融化”在圣诞的欢乐气氛中。

（四）也说“三W”

早就听说美国的“三W”，即在美国的女人变得快、工作换得快、天气变得快。这次美国之行，能亲身感受“三W”，虽不能说人生之快事，但也是了解异国风情的一次绝好机会，让我又一次近距离了解美国，真正认识美国。现在就让我来慢慢诉说所谓美国的“三W”。

——美国的婚姻危机重重。60年代以来，美国人的婚姻家庭观念发生了很大变化，婚姻家庭关系超越了过去为了经济利益、自下而上需要以及社会责任而组成家庭的观念，而上升为纯感情的需要。夫妻双方在经济上各自独立，只因相爱而结婚，一旦爱情丧失则不可避免地走向分离。这样，婚姻对美国人来说已不意味着责任，而只意味着情感。由于结婚变为单纯感情的结合，因此也就丧失了婚姻、家庭长久生存的道德基础，致使美国家庭离婚率大增，进而促使美国未婚同居、离婚和单亲家庭大量增加。

特别是“性解放”在美国风靡一时，美国青年男女大都喜欢同居而不结婚，并不断变换同居伙伴，有的人甚至在报纸上公开刊登征友广告(不是征婚广告)。在这种情况下，同居双方只是共度浪漫时光，而不承担责任与义务，再加上其他一些原因，如逃税(美国对结婚双方的扣税要高于单身)、怕失去社会救济和医疗保险等，使得美国人宁可同居也不愿结婚。其结果使美国少女怀孕率升高，仅未婚妈妈每年就达百万余人。在美国大约有1/4的孩子来自未婚父母组成的同居家庭。在美国未婚先孕已非耻辱之事，公众舆论也逐渐接受了这一社会现实。

更有趣的是，街上随处可见律师事务所的离婚广告：“包办离婚，只需200美元，如需在24小时内办成，请交490美元。”这是美国婚姻史上的一道"亮丽风景线"。

另外，在美国的华裔人群中，由于受到美国婚姻观念的影响，离婚已不是什么稀奇事，中国人传统的婚姻观念在美国受到了严峻的考验。在美国华人的婚姻中，不要说夫妻一方因迟迟得不到签证而不能夫妻团聚，从而影响感情，即使是夫妻双方都能如愿来美国的，其婚姻也还会经历各种磨难，受到各种影响。可以说，美国华人的婚姻出现了前所未有的危机，但双方当事人对如何解决婚姻纠纷却仍旧一筹莫展。90 年代以来，发生在旅美华人家庭中的悲剧与日俱增，甚至还有凶杀案件的发生。

——美国的就业压力空前。在号称“民族大熔炉”的纽约，聚居着数以十万计的华人。由于近年来美国经济不景气，他们中大部分人正在为找一份收入稳定的工作而犯愁。漫步在纽约的大街上，热闹非凡，曼哈顿风光依旧，只是在这边增加了一条风景线，有不少人在街头设摊作画出售，他们画肖像，也有临摹名画的，画者大抵是中国的青年人。他们的生意说好也不好，目之所至，当场要画肖像者寥寥无几。不过，大多数画者手中还是有活干。我看到一位画者正临摹着罗丹的作品，我停了下来。他对我看看，问我要不要画个肖像，我问他多少钱，他说一般收 20 – 30 元不等，你是同胞，10 元钱就可以了。我没有要画的意思，我只是好奇，问他能靠此维持生活吗？他说，很难说，这也是打工的一种，既然我们出来打各种各样的工，为什么作画就不是打工呢？再深问下去，他先前做过餐厅洗盘子和公司杂役之类的事，倒不是怕累，反感的是常受老板的歧视甚至呵斥。

使人感到寒碜的莫过于唐人街上的一些小摊贩，摆着些日用杂物、假首饰和纪念品之类，大抵由一个二十上下的女青年守摊。要同她们谈话很困难，口音像是福建一带的，她们不愿说什么，要问，她就给你打岔，只顾推销货物。据我推测，她们来美国不久，语言有困难，很有点像"偷渡客"的样子。在一个摊子上，我买了两样小物件，那女青年才说了摊子是老板出钱摆的，她每个月不过拿一点很微薄的工钱。

在美国生活过得较好的，算是操作因特网一族。他们大都是亚裔青年，有印度人、马来西亚人、印尼人，还有不少中国人。他们大都受雇于公司企业，在业主指定的项目中运作。他们不仅技术熟练，而且都具有各项专业知识，如统计学、市场分析、金融、企业管理、股市等。这是属于高一层次的职业，他们不愁没有受雇机会，随各自的机遇而自由流动。他们的生活水准接近于白领阶层。照我看，他们都有些桀骜不驯的气质，因恃有才能，经常挑取优裕的职位，表露出一种合则留不合则去的矜持习气。

然而，从餐厅洗盘子到操作因特网，里面都存在着一种普遍性的歧视，自然程度是不同的，然而性质却一样，对于一个不具有容忍性格的人，会认为这是精神伤害。尽管有的人在容忍着，而心底里却未必舒畅。总而言之，美国的就业压力空前。

——美国的天气变化无常。美国由于幅员辽阔，地形复杂，几乎有着世界上所有的气候类型。美国相当理想的气候也是促成它迈向世界强权的原因之一，在主要农业地带少有严重的干旱发生，洪水泛滥也不常见，并且有着温和而又能取得足够降雨量的气候。但受不同气流的影响，各地气候差别很大，当佛罗里达半岛已是百花齐放的季节，而北部的五大湖区还处于寒冷之中，东北部沿海和五大湖地区属温带气候。因受拉布拉多寒流和来自北方冷空气的影响，冬季寒冷的季节较长，1月平均温度为16℃左右，年平均降水量为1000毫米。

影响美国气候的主要是北极气流，每年从太平洋带来了大规模的低气压，这些低气压通过内华达山脉、洛矶山脉和喀斯喀特山脉时夹带了大量水分，当这些气压到达中部大平原时便能进行重组，导致主要的气团相遇而带来激烈的大雷雨，尤其是在春季和夏季。有时这些暴雨可能与其他的低气压汇合，继续前往东海岸和大西洋，并会演变成为更激烈的东北风暴，在美国东北的中大西洋区域和新英格兰形成广泛而沉重的降雪。大平原广阔无比的草原也形成了许多世界上最极端的气候转变现象。

美国东西两侧分别濒临大西洋和太平洋，南临墨西哥湾，东北部与加拿大接壤处为五大湖地区，而美国境内河流众多，地形多样，因而气候情况也随区域有所不同。美国西部太平洋沿岸地区大体上夏季不会太过炎热，降水量为全年最少，冬季温暖，是全年降水最多的时期。具体说来，西部沿岸地区越向南降雨量越小，冬季越暖和。

（五）走进多伦多

多伦多市地处世界最大淡水湖群—北美五大湖的中心安大略湖的西北岸，地势平坦，风景秀丽。有屯河和恒比河穿流其间，船只可由这里经圣劳伦斯河进入大西洋，为加拿大五大湖区一重要港口城市。多伦多原是印第安人在湖边交易狩猎物品的场所，久而久之，逐渐成了人们汇集之地。“多伦多”在印第安语中是汇集之地的意思。

多伦多与北京有很多相似的地方。地处平原，日照充足，面积巨大，规划方正，连号称世界最高的电视塔也跟北京有神似之处。唯一不同的是人家有取之不尽的安大略湖，不像北京这样缺水。

走进多伦多，其都市风光与自然景色让人流连忘返。最先去的是市政厅，它看起来，左边和右边像两个弯弯的月亮，中间是一个大蘑菇，从空中看下来就像是人的一个眼睛，远远看去就像一对半开半张的蚌壳内含一颗珍珠。接着我们来到了西恩塔，它既是电视发射塔，又是旅游和文化活动胜地。说实话，没东方明珠漂亮，但人家是什么时候造的呀，而且那高度，没的比，比就要惭愧。塔内446米高处是个专为游人观景而设置的塔楼，称"太空甲板"塔是世界最高的观景点，塔内设有透明升降机，以便于游客观光。观景台上面有座旋转餐厅，每小时自动旋转一周，用餐时凭窗远眺，全城风光尽收眼底，天高云淡时，能清晰地看见遥远的尼亚加拉大瀑布的喷雾奇景，并可看到120多公里以外的美国。

美、加之行就要结束，收益良多、感触颇多。中国和美、加两国都是世界大国，但是一个在东半球，一个在西半球。中国有着五千年悠久辉煌的中华文明，有着日新月异、光明灿烂的发展前景。美国没有深厚的文化底蕴，但它拥有庞大的基础、强大的国力、发达的文化和高素质的公民。这是美国值得骄傲的内容，也是部分国人向往美国的理由，也是我们需要向美国学习的内容。作为个人，美国有诱惑，中国也有诱惑。每个人的实际情况不同，选择也自然不同。关键是每个人要理智思考自己的现实与未来，做出属于自己的选择。

以平常心看美国，美国既不是天堂，也不是地狱。美国就是美国。

宝岛掠影

（一）台湾——祖国的宝岛

从记事起便有了模糊的印记。这浅线勾勒的轮廓源自中学的一篇课文："乡愁是一枚小小的邮票，我在这头，母亲在那头；长大后，乡愁是一张窄窄的船票，我在这头，新娘在那头……而现在，乡愁是一湾浅浅的海峡，我在这头，大陆在那头。”后来看了些台湾风光影片，片中的热带雨林，到处皆是芭蕉、椰子、槟榔树，切换和套印在台湾的背景里。再后来，校园歌曲《冬季到台北来看雨》，更使我对台湾充满了好奇。

去年冬天，机会终于降临。随市经贸考察团一行，飞抵台北，终于与宝岛握手，实现了多年的夙愿。

（二）台北“听雨”

从南昌到台北桃园机场，只需一个半小时，坐在机场巴士上看窗外下着沥沥小雨。那情意绵绵的细雨，似丝，似梦，描摹着台北的冬天。好客的江西同乡会的老乡早在机场出站口恭迎。下榻的台北圆山饭店，古香古色，通体朱红，处处泛金，雕梁画栋，飞檐翘角，典型的中国古代建筑风格，内部装饰富丽堂皇。一首屡听不厌的歌曲、电视剧和小说《冬季到台北来看雨》，勾勒了台北雨季的浪漫与温情，情思与遐想。台北的雨，像雨像雾又像风。在台北的冬季听雨别有一番情致。站在雨中，坐在车上，闭上双眸，静听台北的冬雨，让人多了份愉悦的心情，品雨的恬静。晚上和衣躺在床上听窗外的细雨淅淅沥沥，像江南三月的绵绵春雨。

听雨是人生的感悟。在大陆成长和工作生活的我，听台北的雨有种剪不断的情缘，是多年的梦想。

南宋词人蒋捷的《虞美人·听雨》：“少年听

雨歌楼上，红烛昏罗帐。壮年听雨客舟中，江阔云低、断雁叫西风。而今听雨僧庐下，鬓已星星也。悲欢离合总无情。一任阶前、点滴到天明。”少年听雨歌为首，壮年听雨情做伴，暮年听雨心为上。台湾的雨，大陆的雨，人相亲，地相缘，雨相似……

（三）中台禅寺

台湾三步一庙，五步一神。

位居台中南投的中台禅寺于 1994 年创建，住持惟觉老和尚与名建筑师李祖原居士运用“直了成佛”的顿悟法门，“因次递进”的渐修精神及古代丛林的风格，将艺术、学术、宗教和文化融为一体。与屹立千年的布达拉宫、圣彼得大教堂并驾齐驱。

中台四箴行“对上以敬：以恭敬降服骄慢；对下以慈：以慈悲心对瞋恚；对人以和：以忍辱心化解粗暴；对事以真：以真诚心去除虚伪”，展现了佛法的具体准则，也是芸芸众生为人处世的良好训规，与儒家思想一脉相承。

步入寺院，高耸壮观的四大天王殿、大雄宝殿，令人生畏。络绎不绝的善男信女和游客穿梭其间，顶礼膜拜。置身禅寺之中，顿感远离尘世。其“福德、教谕、禅定”的僧众教育，致力社会慈善公益，创办普台国民小学与普台高中，将禅修、国学、田园、才艺学习列为教学课程，培养德才兼备的人才，与现世社会的物欲横流“道德缺失”世界观人生观偏向形成极大的反差。传统教育“佛德教育”应试教育和素质教育优缺点何在，令人反思，发人深省……

（四）云林农业合作社

云林位于宝岛台湾省中部西侧，居彰化与嘉义两县之间，西临台湾海峡。光绪十三年(1887)设县，因县治林杞埔土名云林坪而名，是台湾岛上最早开垦的地方，有着光辉的历史、优美的山林海景和丰饶的物产。

云林汉光果菜生产合作社位居台湾蔬菜之乡——西螺镇，1989年成立，是台湾农业合作社的典型代表。拥有社员259户，耕地190公顷，年销售额约合人民币2亿元，户均80万元。农民负责生产，合作社负责销售，货到市场后由联合社和市场统一拍卖，货款准时汇到农民账户。汉光农业从组织、生产、管理、供给、采收后处理、仓库包装、截切、即时加工、行销、仓储、配送到网络行销等采取全方位一条龙行业模式。

漫步社区，果菜基地映入眼帘，蔬菜大棚鳞次栉比，鲜活菜果郁郁葱葱。紫色的茄子、红色的辣椒、绿色的白菜……不胜枚举，数不胜数。果菜的截切包装更是高度机械化，步入车间，仿佛看到的不是农业，而是高度自动化的制造业。

“科学技术是第一生产力。”汉光将“千家万户小生产，千变万化大市场”实行对接。“二强三勇是好汉，十忍百胜发大光”“只要农业做的好，每户实现温加饱”，展现了汉光的励志警言和创业情怀。

（五）高雄爱河

高雄原称“打狗”，爱河称为“打狗川”。日据时期，日本人嫌名字不雅，更名为“高雄”，故称爱河“高雄川”。日政府曾利用爱河溪水，拓宽为工业运输之用，当地人又称“高雄运河”。台湾光复后，两岸辟为河畔公园，陈江福先生的“爱河游船所”被台风吹落仅剩“爱河”两字，当时又有情人于此殉情，媒体报道为“爱河殉情记”，自此“高雄爱河”走人历史。

昔日污臭之名，今日台南名胜。沿岸造型各异的桥梁，在夜间景观灯照耀下，散发出无限诱惑和迷人魅力，宛如睡梦初醒的美少女横亘爱河之上。迷人的夜色，吸引川流不息的游客前来观光赏景，沿河两岸的绿地公园饶有趣味，入夜后的街灯，雅致迷人，漫步其间，颇富情趣。

来到高雄不能错过爱河，也不能不搭“爱之船”，从音乐馆码头出发，途经仁爱公园、河边曼波站，游客可从各个停靠站上下船。不少情侣，搭乘“爱之船”同游爱河，浪漫之感难以抗拒，无以言表。

爱河两岸的咖啡屋咖啡飘香，在夜色水声光影的衬托下，增添了朦胧的浪漫情怀。沿岸的高雄历史博物馆、电影博物馆、医疗博物馆、天主教堂等建筑与爱河连成一气，互相辉映。每当夜幕降临，咖啡芬芳缭绕，音乐及街头艺人、表演艺人如潮，搭乘爱之船饱尝高雄迷人的夜景，如诗如画，令人陶醉。

伴随徐徐晚风漫步河畔，喝喝咖啡，或三五好友结伴而行，欣赏沿岸风光及景点，令人流连忘返……

（六）相思树

记得很小的时候，便能熟诵那首著名的唐代情诗："红豆生南国，春来发几枝。愿君多采撷，此物最相思。"虽不解个中滋味，但多少理解一点：那小豆是从相思树上长出的。

在台南的那个晚上，吃完饭，我们几个去散步，去海边吹吹风。

通往海边的小路不很宽，两旁长着茂盛的树林，散发着浓烈的异香，深吸后恣逸着某种久远的欲断还连的情韵。什么树，开的花竟如此之香？我驻足打量。融融夜色下，辨不真切，像桉树，又像橡木，低枝上似挂着绵绵的花絮。夜色清芬，新月如钩，时急时缓的大海吐纳声远远地传来。

翌日早晨散步，余香味仍浓。抬眼望去，昨夜里的花树在初阳下一片璀璨，通往海边的路旁，密匝匝地排列着叶子跟桉树差不多，绽着黄绒绒花絮的大片林木，灰白天空下一片金黄。同行的朋友告诉我，这就是台湾的相思树。

相思树生长在低纬度的亚热带附近，中国以岭南，台湾等濒海处居多。其称谓之源尚有一段哀艳的典故。战国时，宋康王爱上舍人韩凭之妻何氏并夺之。韩凭殉情自刎，何氏跟着撞台而亡，遗书与夫合葬。康王嫉怒，叫下人分埋之，两冢相望。宿昔间，有大梓木生于两冢之端，旬日而合抱，根枝交错，且有雄雌鸳鸯栖宿树上，晨夕不去，交颈悲鸣。宋人哀叹之，称其木为相思树。相思树有好几种，但台湾只有一种。与宝岛台湾相同的品种在大陆仅闽东南环海峡一带才有，故得其名。如有兴趣.您可到厦门沿途甚至绕到眺望金门的围头，一路都能看到高高低低的台湾相思树，旺盛的花期，醉人的芬芳，一定会被那奇异的熏香所迷恋。

（七）神奇的垦丁

垦丁被称为台湾的“天涯海角”，位于台湾省屏东县，这里永远没有冬季。从垦丁大街一路向东南方向的鹅銮鼻进发，沿途遇到一个帆船形状的珊瑚礁石矗立海中，像极了即将启航的帆船，那便是著名的“船帆石”了“垦丁附近的海岸和马尔代夫、泰国、马来西亚的海岸有很大差别”垦丁的海岸多数是由珊瑚隆起形成的，长期受海水侵蚀，坚硬且凹凸不平“鹅銮鼻灯塔是台湾最南端的灯塔，即为航海人点燃归家的灯”塔身全白，高 24 米，塔身上有射击孔，曾经是当时世界上唯一的武装灯塔，也是台湾光力最强最雄伟的灯塔，被称为“东亚之光”，这个灯塔可谓垦丁的标志。

置身塔中，放眼远眺，越过一片绿色草地和树林，远处就是蓝色的大海，这种蓝色与白色的组合真是似梦似幻。

垦丁也是南台湾地区的度假天堂，悠闲是这座天堂里的最佳生活写照“无论是戏水、冲浪、大啖海鲜还是体验森林浴，在这里都能感受到最纯粹的度假闲情”可在这拥有宽广洁白的沙滩，清澈的海水，欣赏海天一色的美景，也可以垂钓于珊瑚礁岩。

在垦丁，伴着水的元素，使人永远不会觉得枯燥，总是水润润的，湿柔柔的。在这里除了水的清爽，林的翠绿，还有原住的民风民情＂景区内聚集了排湾、鲁凯、邹族等原住民部落，特色的石板建筑总让来人惊叹不已，独特的地理景观、断崖瀑布、十八罗汉山、多纳温泉和宝来温泉都是人们爱去的地方。

垦丁还是“小吃”王国，俗称“舌尖上的台湾”。那里最能刺激味蕾，烤鱿鱼、烤大虾、烤鱼是这里最常见的小吃。垦丁大街酒吧和小吃摊沿街排开，从海产品、烤香肠到台湾风味小吃应有尽有，而且花费不贵。

垦丁，心驰神往的地方。

（八）安平古堡

安平古堡位于台南市西面安平区国胜路，古堡街之间，是荷兰人据台时期，为拓展远东贸易所建，故又名“红毛城”或“番仔城”，为台湾最早的一座城堡。历经荷据、明郑、清领、日据，台湾第一座城堡，见证了台湾 300 多年来的沧桑史。

清康熙元年 (1662)，郑成功逼荷兰人投降，接收了该城，改名“安平”，并将指挥部从赤坝楼移至此城。同年 7 月，郑成功病逝于城内。清同治年间古城被英舰大炮所摧，经整修后，虽不复旧观，但仍保持古朴典雅的风韵。古堡中，有一片红砖砌成的残壁城垒，就是 300 多年前古城仅存的遗迹。城垒上古榕枝干盘曲，显得格外苍劲古老。堡前空地上竖立着一座石碑，上书“安平古堡”4个大字。城堡脚下，竖立郑成功铜像。在郑成功史料陈列馆中，陈列着荷兰侵略者占据时所建的热兰遮城的原始模型，以及郑成功的墨宝和有关史迹资料。古堡上有瞭望台，是光绪年间在城基上设置的灯塔。登高瞭望唯见大海滔滔，渔船星点，一派浩瀚气魄！

在郑成功史料陈列馆旁边，是一座建于1975年的红顶白墙的瞭望塔，塔下也安放着一门海防炮。据说，过去登上10多米高的瞭望塔，可以一览安平港风光，还可以看到当年热兰遮城的外堡“乌特列支”，但随着城市规模的不断扩大，现在登临其上，只能鸟瞰台南市区，“乌特列支”现已成为安平公墓。看着这一切，遥想安平古堡的沧桑历史，令人无限感慨。

宝岛掠影，虽然时间短暂，但见证了台北的现代繁华，解读了同祖同根的中华文化，感受了台湾人民的热情与好客，领略了阿里山、日月潭等诸多的自然美景。宝岛的山山水水，宝岛的动人故事，书不尽，道不完。宝岛，天之涯，海之角，愿你的明天出落得更加妩媚动人。

儿童村·儿童城·儿童国

自奥地利的赫尔曼于1951年私人创办世界第一个儿童村以来，现在已有100多个国家建立了国际儿童村，收养了近2万名孤、弃儿。国际儿童村的总部设在维也纳，全称叫“SOS国际儿童村”。

我国与国际儿童村组织也达成了协议，在天津和烟台建立了两个儿童村。每个儿童村有20个新式家庭，每个家庭由一名涵养好的妇女负责抚养六名10岁以下的孤儿。

“儿童城”在荷兰马都拉丹文化古城。在一条3公里长的参观大道两旁，按一定比例模拟建造了荷兰全国所有古今名胜建筑，加上错落有致的街巷、市场、湖海、园林等点缀其间，更显逼真。特别有趣的是，只要在指定地点分别投进规定的硬币，7厘米高的1000多个小人立即活跃在大街小巷等场所，或赛球，或操练，或开音乐会……一年四季吸引着来自世界各地的游客。儿童城每年由该市各小学校推选出一名最优秀的学生担任“市长”，30名任议员，负责假日接待游客。所得门票收入，送往世界各地兴办福利院和伤残疗养院。

“儿童国”在意大利威尼斯附近的普列达维那镇。“儿童共和国”的居民，全是5－18岁的无家可归的孩子。“国”内设有学院、商店，还发行内部流通货币。

七月，中国人的骄傲

殷殷期待中，七月向我们微笑着走来……

七月流火。热风吹得血液沸腾，热流激得豪情澎湃。中国选择了七月，南湖红船在七月扬帆；历史选择了七月，铁锤、镰刀在七月举起。七月的第一天，是党的生日，是胜利的生日，是幸福的生日！七月的太阳，给千山生机，给万水活力；七月的太阳，使时代崭新，使天地生辉。

七月灿烂。鲜红的党旗像火，热辣辣大写着希望。党旗，凝聚着工农的重负，交织着力的希冀，召唤亿万民众去实现人类最伟大的理想；党旗，是民族之魂、胜利之光，也是七月的曙光。

七月辉煌。党把宏图绘出来，人民把热情献出来，每一步都有奇迹诞生，每一天都有丰硕收获。七月碧绿，绿满每个心灵；七月润红，红遍所有向往。工作是美丽的，梦境是美丽的，美的东西都在七月流行啊—纵观世界风云，神州风景独好！

七月，是中国人的骄傲！

三月风

春天是一支壮歌，三月风便是它那动听的序曲。

飘飘洒洒，美妙轻盈，从寒冷的北国到消瘦的南方，三月风，轻轻吹来……

三月风，将浓浓的绿洒向原野山岗、阡陌曲径、江河城郭，复活那些死去和貌似死去的东西。

三月风啊！

从你那深深的呼唤中，我分明听到：生命是永恒而真实的，所有的犹豫彷徨是那样的荒唐可笑，面对盎然的春意而沉湎于冬日般失意的冥想之中，实在是对生命的一种不负责任的挥霍；而一味期待阳光雨露降临，只能像是早凋的花儿一样悲伤。是的，我感觉到了你的形、你的力量，就像阳光铸就的军号，金光灿烂，音韵久远。

紧一紧鞋带，清理一下行囊，以一颗平常心，乘着三月风——启锚在波光激艳的港湾。尽管前面有几多恶浪，但风帆不能降下，航程不能迷向。

攀缘在小溪潺潺的山涧，尽管前面有几多荆棘，但脚步不能停滞，求索不能中断。

三月风啊！

是你带来了新绿，才孕育了火热的夏、丰硕的秋、成熟的冬。因为拥有春天，耕播春光的青年，才有老年红色的辉煌……

秋韵

又是一年秋风起。

秋，迈着轻盈的步履，缓缓向我们走来。她像农家黄昏的炊烟，又像远山青岚的薄雾，摸不着，也看不见。但当秋风吹拂在脸庞，当秋雨夹杂着寒气，你就会感觉到：秋来了！

屋檐下，点点滴滴的露珠，从竹叶尖上缓缓地流下；檐边蹦跳的麻雀，时飞时住，时来时往，像是在寻觅着什么。沉醉在眼前泛起的一片片秋韵中，追寻空中飘飞的一片片落叶，你一定会有许多的遐想……

也许秋天不像春天那样阳光明媚、鸟语花香，但秋的天高云淡，恢宏辽阔，使人少了一些浮躁，多了一份深思；少了一些冲动，多了一份温馨；少了一些欲望，多了一份睿智。

一阵秋雨一阵凉。秋风横扫落叶，是季节的轮回。秋天到了，寒冬不会遥远，迎接我们的将是严寒的侵袭。生命在四季中更替，就像春天的风和日丽孕育了希望的种子，而寒冷与萧瑟将孕育成熟的果实。

以往，听不得秋雨的泣诉，不习惯人生的落寞与惆怅，常常叹息生命的脆弱，人生之苦短。可当你发现大自然中许多乔木望秋先殒，而随地可见的无名小草却能在疾风劲雨中坚挺，你就会觉得谁和泥土拥抱得最紧，谁的生命力就最强！

品味秋天，读懂秋韵。秋的情怀，将使你的视野更宽广，心胸更博大。“宠辱不惊，闲看庭前花开花落；去留无意，漫随天外云卷云舒。”读懂了秋，也就读懂了人生，读懂了生命的一切。

芙蓉花

在萧瑟秋风中，人们常常赞美的是凌寒不凋的秋菊，颂扬它“凌霜留晚节”的品质。但我却认为，真正称得上凌寒拒霜、独殿众芳的，应该是芙蓉。秋天，当百花凋谢的时候，它却傲霜绽放，开得最艳丽，给迷人的秋色增添了几分亮丽和生机。白居易诗曰："莫怕秋无伴愁物，水莲花尽木莲开。"苏东坡更赞芙蓉花性格是"唤作拒霜犹未称，看来却是最宜霜"。

常言道："好花不常开，好景不常在。"芙蓉花也不例外，要经历花开花谢这个无法逆转的自然过程。但是与其他花的凋谢相比，芙蓉还有其特别的地方。我们所看到的很多花在凋谢的时候，都是纷纷扬扬，飘飘洒洒，恰似伤感依稀，留恋无比。而芙蓉花在度过一个月左右的花期后，都是整朵地凋落，那么干脆，那么坚决，坚决得无牵无挂，干脆得利落无痕。是啊，只要自己曾经缤纷绚烂过，又何必迷离伤感呢？

由此，便想到了人生，人生又何尝不是如此？人的一生要经历许多阶段，比如说纯真无邪的少年时代，风华正茂的青春年月，厚重沉稳的中年时期，从容淡定的人生暮年。每个时候都有独特的风景，每段岁月都会给人不同的感受。但一个人不可能永远停留在某个阶段。

人在年轻时，有冲劲、蛮劲，热情奔放，就像湍急的河流一样。工作上的事烦恼不已，什么领导不赏识呀，工作业绩不突出啦，还有同事之间不服气，等等，整个身心陷进了争强好胜的泥沼里，苦苦挣扎，不能释怀。可是人到中年，特别是临近暮年，一切都云开日出，看尽云卷云舒，尝尽人生酸甜苦辣。经过了激烈的撞击之后，一下从躁动中宁静下来，以丰富的精神内涵和辉煌的人生业绩为依托，生命就来到了一块开阔的谷地，汇蓄成了一片浩瀚的湖泊。它是一种超脱，一种繁华落尽见真情的纯粹，一种精神的升华。

芙蓉花悄悄地落了，正如它当初静静地开放。花开时，没有听到人们对它赞美的只言片语；花落时，却留下满地的馨香，使人回味。人若芙蓉，这是一种心境如水的超然。具有这种品格的人，能够浸润在风晨雨夕，面对着阶柳庭花，听得到自然的呼吸，感受得到自然的脉搏。这时，斗室便是八极，内心顿成宇宙；这时，精神就会富有，心胸就会博大；这时，便拥有了一份澄明清澈，一份从容淡定。人生就从此不再寂寞。

冬日观瀑

上星期天，有北京友人来乐安，指名要去金竹游瀑布，我说今年来得正是时候。往年立冬过后瀑布群是寒风刺骨，万木萧瑟，可今年的冬天也不知怎么回事，一点也感觉不到冬天的味道。更为不同的是今年雨水充沛，形成的瀑布景象更为壮观，所以冬季看瀑布与夏日看瀑布有同样的感觉和魅力。今年的冬天，疑是早春二月？气象专家说，又是厄尔尼诺捣的鬼！我想天气变了，但瀑布群的冬天却给我们带来另外一种美景。

吃过早饭，我们一行，在山路上千回百转，几经转辗，抵达了万山丛中的金竹吓通村。金竹瀑布群就位于吓通村境内。一下车，我们就感到这里的风景真美。散落在稻田尽头的白墙黑瓦格外醒目，果树上吊着的柿子一个个红彤彤的，像一张张娃娃脸，欢迎远方客人的到来。清新的空气，蔚蓝的天空，透明的溪流，还有那村姑在溪边洗衣的背影，就像一幅美丽的山水画卷。怪不得同行的北京友人说："要是能一年来几次这里就好了，可以用这里的天然氧吧洗洗肺里存吸的雾霾。"我说："好啊，那你就在这里长期落户，做一个吓通人，保证你能健康长寿，活它个百把岁。"是啊，这村庄、田野、树木，还有远处的瀑布，构成怡静、优雅、本色的田园景色，就像置身世外桃源，美不胜收，让人回味无穷。

此时的吓通村，已经聚集了不少游客，正陆续穿过村寨往山里走，我们也拎起相机尾随游客进山。峡谷幽长，足有几华里，潺潺河水，从山谷蜿蜒流出。河岸边的小道全都铺设了 1 米多宽的木板条，人走在上面既平实又有弹性，感觉极好。踏着木板条，沿着布满绿荫的河岸悠然自得地往前走，刚走进谷底，就听见前面"轰隆隆""哗啦啦"的水响声，紧走几步透过树叶已看见一道白灿灿的水幕挂在峭壁上，恰似银河落九天，这正是金竹瀑布群最有代表性的虎啸瀑。虎啸瀑分三级三叠：第一级宛如一根硕大的水柱，直立在顶端，在太阳的照射下泛起金色的星光；第二级既像龙口吐珠，又像提壶倒茶，湍急的流水夺口飞出，猛烈地撞击悬崖，发出阵阵轰鸣；第三级形成水帘，布满石崖，款款落下，最后坠入深潭，融入河水。瀑布溅起的水花飞得很高很远，人站在几十米外的跨河桥上都会被水珠打湿衣裳，别有一番滋味让人尽享。忽然，哪个眼尖的游客发现杜鹃花开了，大家忙拿起相机，赶紧把它拍下来，生怕遗漏。那早开的杜鹃花，看到如织的游客，带着几分艳丽、几分羞涩，犹如成熟的女性所散发出那独特宁静的韵味，可那盛开的花蕊又折叠出它们对春天的期望和向往。

返回路上，如水的阳光漫过整片山林，野花遍地，沟谷交错，几片轻云在高远的天空中飘逸。山谷里，雾气霭霭，古树参天，绿意盎然，万千风情，一幅幅人与自然和谐油画般的美丽风景尽收眼底。行进在山间的小路上，明显可以感觉到头发在湿润的空气中丝丝缕缕地飘着，飞扬着，时空被凝固，默默地待着，走着，什么也不用做，什么也不用想；只需你紧跟着大自然的节奏，心生宁静，便会拥有像大自然一样健康美丽的心情。

风景有很多种，人生也形形色色，什么样是最精彩的，其实不一而足，用心去发现，何处不风景呢？记住这个冬日，记住金竹瀑布带给我们的美的享受。

秋临大华山

沐浴秋日艳阳，我又一次来到大华山。

大华山，又名“华盖山”。位于乐安县东南部的谷岗、南村两乡之间，为江南道教名胜，素有“江南绝顶三峰”之美称。因山势拔地而起，状如莲花宝盖，遂名华盖山。该山诸峰高耸入云，浮邱峰、五岳峰、著棋峰三巅鼎立，相传有浮邱、王、郭三人在此焚修炼丹，得道飞升，南宋理宗加封三仙为“三佑真君”。大华山有峰、岩、洞、谷、岭、岗、潭、泉、池、溪、井等胜迹70余处，自然生成，风物奇秀。

山以人而名。对大华山，历代名人如唐颜真卿、宋谢谔、元吴澄、虞集，明汤显祖、罗洪先等对此做了精美绝伦的点赞。“天涯久饪大华山，此日登山一念诚。道滨千年人共仰，路迴九曲地还清。驱雷唤雨随时变，转险成安到处灵。从此多应承福泽，愿祈圣世永升平”的题咏，使大华山从此成为朝拜和客游的圣地。在华盖山东南侧，有一块巨大的花岗岩石，色如白玉，形状离奇，无论远眺近看，形态酷似把弯弓。说起这块巨石，民间流传着一个离奇的故事。

景元元年 (260)，真人浮邱为了登上绝顶三峰炼丹，在那里他吹了一口仙气，搭成一座天桥，方便在三峰之间往来。炼丹时，火气冲天，掌管天文的官吏发现后，急忙禀报皇上："江南瑞气腾空，似有新天子降世！"魏帝曹奂闻知后，当即降旨大将军李元晏率领精兵数千，向火光冲天的华盖山挺进，将华盖山包围了起来。当李元晏领兵欲冲过天桥时，真人用手一挥，轰隆一声巨响，天桥倒塌了，三峰之间变成悬崖峭壁。浮邱立于山顶解释道："贫道在此修道炼丹，既不违王法，又不犯皇威，不知师出何故？"蛮不讲理的李元晏邀功心切，不容分说，命令兵勇用弓箭向浮邱射去。浮邱再也忍耐不住，立即腾云驾雾指挥天兵与大军对垒。霎时，李军射出的箭又倒转来射杀李军。李元晏见状惊恐万分，深感对手非凡，连忙叩头求饶。浮邱见他有悔改之心，便令天兵停止厮杀，并将一把桂枝神弓扔了过去。李元晏接过一看，只见此弓雪白如玉，知是非凡之物，当即退兵华盖山，带着神弓回京禀报皇上。魏帝曹奂命文武百官上朝辨认，并商讨对策。宰相认为此弓乃仙弓，万不可冒犯。曹奂听说是神仙所用之物，不敢怠慢，忙命宰相同抚州刺史沐浴斋戒，将仙弓送回华盖山，并烧香叩谢。此后，这把仙弓就变成了白玉般的花岗岩石，永远摆在华盖山顶峰，以示除暴安良。

除了美丽的传奇故事，大华山还是近代第四次反"围剿"战役的战场。红军在大华山周围一举歼灭两个师，以全面胜利载入史册，扬名中外。此刻静静伫立在山谷间，听松涛阵阵、流水潺潺，仿佛又回到了那个枪林弹雨的年代，不由得心潮澎湃，激动万分。这片红土地，已深深烙上了革命者的足迹，青山绿水见证了他们为革命事业付出的满腔赤诚。

秋日的大华山，花红果硕，满山飘香。站在山顶的道观远望，只见群峰连绵，层峦叠翠，山涧幽深，犹如一幅美丽的山水画。其中有玉亭观、南真观、仙林观、桥仙观、圆光亭、憩霞轩、天官坛、宾仙阁等多处古迹建筑点缀，更是独具匠心。

每一次来到大华山，我都会收获心灵的安静。是啊，在当今快节奏、压力大、人心浮躁的时代，每个人都想找个远离喧嚣的人间天堂，去寻觅宁静安详，洗涤心灵的创伤。

但是，人间天堂难寻觅，大华山却触手可及……

迷人的鳌溪

清晨散步，沿着鳌河堤欣赏秋的景色，看树叶和红花是怎样在秋的舞蹈中变幻出漂亮的色彩，看秋雨洗涤过的山城是何等的娇媚。森林公园鸟儿在鸣，晨练的人们唱着幸福的歌。宽阔的马路在清洁工的扫把下闪耀清亮的光泽。每天早上这时候总会看到锻炼的人们，有打太极的，有小跑的，有舞剑的，有跳广场舞的，很是热闹。这中间老人最多，他们跑不动的时候，便围在一起谈天说地，看着他们洋溢着幸福的脸，我也被他们感染。发展中的鳌溪，每天总有新变化，今天一排新厂房，明天一座高楼开工典礼，后天哪家时装店崭新亮相，新人新事，层出不穷。有变化就有希望，有希望就有奔头。

一到傍晚，县城各处的休闲广场就更热闹了。男女老少齐出动，休闲娱乐，健身舞、节目演出、体育比赛、孩子们无忧无虑地放着风筝，总有很多享受不完的乐趣。天上的星星眨着明亮的眼睛，月亮也久久地不回家休息，地上的霓虹灯五光十色，嘹亮的歌声此起彼伏，此景只应天上有，如诗如画。

乐安山多林密。相传古人当年把县城建在鳌溪就是考虑四面环山好设防，易守难攻。美丽的芙蓉山和鳌河水养育了一代又一代的鳌溪儿女。但过去来乐安山城只有一条羊肠小道，外地人说，进了乐安就如同钻了“布口袋”，无法迂回。如今天堑变通途，抚吉高速和昌宁高速穿境而过，给乐安人打开了连接世界的山门，带来了新的希冀。古村流坑、十里香樟林、金竹瀑布、神奇的大华山和千年石桥古寺已经成为城里人向往的旅游胜地。

鳌溪，在人们的印象中，没有一条像样的街道，坎坎坷坷，垃圾成堆，污水横流。改革开放，山窝窝变成了“小上海”，过去的“丑小鸭”，如今变成了一个婀娜多姿的亭亭少女。

我在鳌溪工作生活 20 余年，见证了她的点点滴滴的变化，心里深深眷恋神奇亮丽的山城。你看，河谷里沟深潭险，山顶上却稻花飘香。动听的布谷鸟叫声在山间回荡，娇艳的芙蓉花和山茶花遍地开放，空气都是香甜的。没有云雾的时候，可以瞭望到山顶上绿树掩映的新村庄，磨盘大的院落里，有洁白的桃花和青青的石墙，狗在院子对着天上的老鹰叫，猪在地绠边悠闲地拱着泥地，姑娘的水桶在小河边磕出巨大的声响……

鳌溪，像“养在深闺人未识”的小家碧玉，愿你的明天出落得更加妩媚动人。

冬天里的树

冬天里的树，真是让人心疼。

您看，让北风吹落了的满枝绿叶，让寒意删除了的丛生枝蔓。尚存的仅有那裸露的冷冷的枝干。阳光照耀下，冬天的树就像一位耄耋老者，佝偻着腰，一副咳嗽连连的姿容，让人想起老去的父亲，甚至仙逝的爷爷，抑或所有的祖先。

“枯藤老树昏鸦，小桥流水人家。古道西风瘦马。夕阳西下，断肠人在天涯。”这冬天的树，就成了一位实实在在的断肠人。失去了爱情，折断了诗性，微风吹过时，再没有枝叶去拉相近爱侣的手，尽管仍然挺立在夕阳下，却让人倍感孤独和凄然。冬天的树，失去了春日的灵性与天真；冬天的树，没有了夏天的奔放与豪情；冬天的树，遗失了秋日的博大与深沉；冬天的树，只能摒弃惯有的喧嚣与繁华，选择最简单的幸福。难道，冬天注定是个没有爱情的季节？就连树木也是如此！小鸟不再唱着歌流连枝头，脚下的小河早已断流干涸，无法映照它昔日的美丽容颜。

假如您是一位画家，您想画出冬天的树，就会知道很难—因为简单的枝干并非一根朽木，那看似比铁还要冰冷的枝干里仍然奔涌着坚强的生命，要想把这最顽强的生命力表现出来，您就会感到手中的画笔多么苍白无力。假如您是一位诗人，让您吟咏冬天的树，您会感觉到不知从何下手，因为您看到和听到的只是那呼啸的北风、飘扬的雪花和无边无际的白云，还有在那树下奔走的孩童，这些都难以代表和表达冬天的树，它已经成为冷眼旁观世界的哲人。

然而，换个角度，您就会发现，冬天的树其实更是一位智者。当天空比大地更加寒冷的时候，它已经将无比的热情伸向大地内部，用自身保存的精力与热情与大地交流，以此来获取过冬的密码。从春到夏，从秋到冬，极力生长的树木需要休整，需要补充新鲜给养，做好来年壮大的准备。冬天的树是低调的，低调得您不用心就看不到，低调得让平时难得一见的小树和古刹向世人展露那迷人的容颜；冬天的树是无声的，但那如刀似剑的枝干仍然四处布阵，保持足够的警醒与一跃而起的战斗力。

人如树木，冬天到了，您准备好了吗？寒冷的冬，您会保持那份内敛与睿智，适时地休整和补充，以便迎接即将到来那春天般崭新的人生阶段，抒写更新更美的华章！

轻挽夏纱

迎着踏浪的潮水，来到夏的中央。河水是一池子的清幽，天空是一揽子的蔚蓝。

夏日不应该是个忙碌的季节，可是，夏季真的是热闹的、喧哗的。短裙长裙凉鞋马尾，泳衣冰糕，粉墨登场。

田间的蛙声里，畅想着这一季的渴望。是谁在月亮下吟诗，那月明人静的，又会是历练多久的心境啊！荷花开了满塘，人来人往地拍摄，不再是一枝寂寞的荷了。倒是那些爱荷的人，会不会懂得，那种高贵寂寞的真谛是什么？

夏日的傍晚也是最迷人的。河边人群鼎沸，仰躺在碧水蓝天下，看见了日月同辉的美丽。绸缎一样的水面上，被各种颜色的泳衣点缀出一朵一朵艳丽的花。从远处看，仿佛是开在天际的云朵，只是换了颜色。

生活如这河边的七彩，有人在享受着快乐，有人在经历着痛苦，有人在梦想里挣扎，有人在花天酒地地挥洒。生活如这河水，沉默地包容着。

走在时光的岸上，我常想，生活中有一些用尽了力气去追求的东西到头来却是一场失落，而那些许不经意的举动，却换来意想不到的效果。所以还是朦胧点吧，什么都看透，就不会再有心动。但心若不动，该是多无趣的事情啊！了无生趣地活着，还不如那些对未知世界的向往来得更有意义。俗话说，水在流动，荷在清香。人间的美，四季各有特色各有不同。在夏的裙衫里，是水的柔情和荷的迷人。

挽着夏日的薄纱，走过年华。爱，不是一个刹那；生活，也不只是一个曾经。用心经营能使整个季节多姿多彩—有花开的繁荣，有风吹的泪落，有刻骨铭心的难忘，还有生活本真的收获。所以无论你走在哪个季节的岸上，迎面而来的，是不再遥远的日出和每天都有的日落。生活本不苦，苦的是我们的欲望过多；人心本无累，累的是放不下的太多。

夏，宛如薄纱，一走，又是来年花开了，会谢；时光走了，不会再来。珍惜该珍惜的人，做自己该做的事。因为人是很难改变的，走遍天涯海角，走过春夏秋冬，该是什么样还是什么样，改变的只是场景和角色。我们只有寻找快乐的自己，自我的人生，才能过好每一天。

千年古樟与千年古村的吟唱

农历五月，春夏之恋搅得四野分外热闹和葱茏。我又一次带着苏州来的战友走进远离尘嚣山水清明的牛田古镇，不时有黛瓦灰墙的村舍影像迎面映入眼帘，一份超然脱俗的感觉也就随之油然而生。在乌江的岸畔，在一个叫“水南”的地方，长着大片大片的樟树，多为大木，小者两三人方能合围，大则没有六七个人手拉手难于合拢。苍老的树皮，笔直的树干，拔地而起，巍然而立，昂首向天，观星辰，沐风雨，揽云烟。而且成片成带沿河绵延的是樟树树冠云朵般的十里簇拥！我们在大树间，时而仰望，时而抚摸，做久久的流连，做深深的呼吸，仿佛置身于隔世之境地。在阵阵幽香的惬意中体味大自然的美丽与清新。苏州战友说：“乐安的古樟林被列入国家保护名录，上海吉尼斯中国之最，名副其实。”是啊，这里的沿河樟树大木达800余株，其树龄长的有千年之久，短的也在两三百年，可谓十里千樟十里奇。

江西是樟树的故乡。大樟树也算见得不少。我曾经出差到南方某个园林城市，三棵樟树也不算古老，居然有名人题词。我想眼下经历了千年轮回依然蓬勃存活着这么多、这么大集结于一处的樟树林可从来没有见过。它度过了多少洪荒岁月，它历经了多少次的战火洗礼，它面临过多少轮番相逼的野蛮的刀斧？在“文革”期间，为了建“一号工程”，省地下达指令，要砍樟树运到省城建“权贵别墅”，村支部违命抗旨，不同意砍樟树，村民众志成城呵护。最后书记被关进牢里，但也没有损害樟树的一叶一枝。走过来了，一代一代的樟树守护人相传至今，成为大地上永恒不朽之作。

樟树林始于一个名叫“丁家”的村子，它为这片樟树曾立下过不准砍伐、不准吸烟、不准烧纸之类的乡规民约。然而，这些乡规民约虽是村民协商而立，但是，一旦立下，视同天条，千古不变，就像一部村中的宪法，甚至在潜移默化中渐渐成了村中的民俗、民风、民情、民德，乃至村民的文化和信仰。在漫长的岁月中，这片林木毕竟太过于招惹人们的眼球，也容易引发人们的贪婪。在中国最疯狂的1958年，在广袤的大地星罗棋布地矗立着土高炉大炼钢铁的时候，丁家村以不得抗拒和萎缩的步伐也跻身于这支浩瀚的行列。炼钢铁需要大量的木材做燃料，有人对这片樟树林起了动议，但丁家人宁愿砍光村中所有山头的树木，也决不起心于水南这片林木的一个枝丫！有法在先，祖宗之法乃天命，系子孙万代之祸福！当今，有唯利是图者窥到了这里的商机，以为以足以诱惑人心的金银可以采购到这里的树木，大大出乎鼠目寸光之辈意料的是，这里的人不为钱财所动，欲购得是纯属痴心妄想！于是乎，这片林木，坐看日月经天，纵览世事沧桑，历数千年而依然。

十里香樟的那头连着千年古村“流坑”。

又是一个“千古”，又是一个被国家明文公布的“中国历史文化名村”！

顺着樟树林过连河走进了那头的流坑村，同步进村的还有那巍峨挺拔的樟树。3.61 平方公里的村子，且为董氏一大家族所盘踞。人村，在我们面前旋即展开的是一幅明清古建筑群的画卷，身心感受的是一阵古朴清新的风韵。“七纵一横”的街巷和铺满鹅卵石的幽深的小径，以及对应古代出行的沿河码头，我们尽情地享受着那种仿若隔世的静谧和安宁。行中，古宅、府第、祠堂、殿阁、楼坊、店铺、戏台、庙宇一路相随，而在步人这些古老建筑慢慢品味其中的门额、檐宇、照壁、梁柱、隔扇、天棚、藻井、神龛，以及众多的翰墨飘香的楹联诗赋与精工巧匠的木雕砖雕的时候，让你立即感觉到它承载着的是家族的追求梦想与文化淳厚以及历史的生命。

流坑村开基始于五代南唐时期，距今千余年，为唐德宗时任宰相的董晋之曾孙董合所为，且发达于北宋南宋年间。究其原因乃大兴教育培养子弟遂受惠于科举制度之昌盛。村中书院书屋繁华时达 37 所之多，故有“序塾相望，弘读相闻”之美誉。其中一处“三进式”院落，俗称“流坑的清华”。更有“文馆”，亦为书院，大庭院，大开间，门首缀有“儒林发藻”四个行书大字，进门两旁为“洗墨池”，传说文天祥在此读过书。整座建筑庄重中透露着威严，天穹高耸中彰显着大气。一村落，有如许学府，何愁人才不会辈出。心想事成的是，从宋代至清代，流坑村走出的进士就有34名、举人78名以及文武两状元，七品以上官职的官宦者则有100多人，“一门五进士，两朝四尚书”，在这里已成为世袭美谈。文天祥、徐霞客、罗洪先等诸多文人墨客在这里留下了足迹和墨迹，为流坑这块瑰宝增添了许多光彩。

我的思绪不由得又回到了那片樟树林，当我把“两个千年”连接在一起的时候，蓦然间我在朦胧的纠结中问自己，是先有这片樟树林，还是先有这个流坑村呢？董合开基立村是因为已有了这片林子才不犹豫，还是因为立村后觉得应该开辟出这样一片林子呢？是这片林子加速了流坑文明的进程还是流坑村呵护了这片林子的茁壮成长呢？我不明白，当地人也似乎说不清楚。不过，从有关资料中得知这么一个事实：董合开基立村前，曾得到两位赣州以相地闻名的风水先生的明确指点，故坚定了择址立村之决心。风水，乃地理方位生态环境之说。也是，一个地方，无视生态环境其文明风气可想而知绝难向好，文明风气向好极盛必将生态环境更宜。在村中，我还听到一件叫人啼笑皆非的故事：就像有人想买樟树一样，也有人打起了这里古村的主意，欲买走这里的老屋，整栋搬迁，以期异地重建，争个古色古香。不说愚蠢，只想问问：即使买去，你能买走她的故土吗？你能买走她的文明吗？你能买走她与樟树林的血缘吗？即使像模像样，你复制的只能至多是一个抽去灵魂内核的躯壳！做些许的思索，不知能否解开我自己的纠结？

我联想的翅膀还在飞翔。我曾到过一些著名的寺庙和一些保存较好的村落，好像都有两三棵百年千年的“镇村之宝”，或樟树，或槐树，或松柏，或银杏，或桂花、红豆杉，每每总是见树影而后见庙宇或先见树影而后见村落。甚至我还固执地自问：作为崇尚积德行善的寺庙没有大树还能称之为寺庙吗？作为人类群居的村落没有大树还能称之为繁衍之地吗？在一本画册上我还曾看到这样一幅令人信服的画面：寺庙行将种植树木，开锄之前，面对开阔地带，众僧人列队而立，举行庄严而隆重的法会，诵经祈祷，一片肃然。树，无声之生命，亦有尊严，敬畏之意，岂敢怠慢？天道也！

眼前，千年古樟树与千年古村无疑是天人合一的不朽杰作，“两个千年”连接一处，是人与自然和谐相处的典范。人与自然，同根、同宗、同源。“江山留胜迹，我辈复登临”，中华文明五千年之文明，有谁不会蓦然顿悟呢？

流舍之春

拂面春风掠山村，
雨过晴川似彩虹。
房前屋后闻啼鸣，
满山杜鹃欲启唇。
竹海碧波层细浪，
翠岗娇滴万木吟。
白练垂挂荡心灵，
今日流舍胜仙境。

南日岛观海

国庆长假，和爱人商量，到外地去走一走。可我知道，节假日是旅游的旺季，人满为患。要旅游最好打个时间差，省得买罪受。正在犹豫和怅然之中，突然接到南日岛张先生电话邀我上南日岛，说南日岛还是个尚未完全开发的海岛，游客不算多，不妨来岛上吃吃海鲜，吹吹海风，享受享受日光浴。

盛情难却。我们即刻买了去莆田的动车票，踏上了去南日岛的旅程。坐上豪华的动车，我用手机查询了岛上的概况和景点，脑海里定格在灯塔、海风、树影、落日……南日岛给我留下了无限的遐想空间。不到三个小时的行程，我还嫌动车运行太慢，心早已飞往那美丽神奇的地方。

下车后，我们从莆田乘大巴赶往石城码头候船。一路沿着滨海公路往东南行，穿过林荫廊道，还没等回过神，就已经到码头了。因为是下午，也是最后一班游船，故去南日岛的游客不是很多，10分钟左右，我们乘船驶往神奇美丽的南日岛，经过三四十分钟的短暂海上航行就抵达目的地了。

南日岛位于福建莆田市东南部，是南日群岛的主岛，福建省第三大岛，与莆田的湄州岛并称姐妹岛。扼兴化湾咽喉，东濒台湾海峡，离新竹港很近，距乌丘屿只有10海里。乌丘屿现在仍属台湾金门县管辖。南日岛全岛陆域面积52平方公里，60多公里的海岸线上，铺洒着颗粒晶莹的细软沙滩。突兀的山峦，覆盖着苍茫的林海。林海中间，掩映着错落有致数以百计的大理石高楼和红墙小屋。这里气候宜人，风景秀丽。那矗立的尖山，伴着峻峭的尖石，傲然挺立插入大海的奇峰之巅。层层海涛涌来，激得浪花四溅。大白天，活像喷洒着的万点珠玉，在夜里恰似飞舞着的满天星斗。山顶有玉皇宫、关帝庙，山上巨岩遍地，奇形怪状，站在山巅，可俯瞰南日全岛。

浮斗山上观日出，是令人神往的奇景。当海上云开气爽的晨曦时刻，天海衔接处就抹上一线鱼肚白色的光辉，浩渺的海水，是黑绿色的。少顷，东方的云际变成玫瑰色、铅色的云块都镶上入目的金边。那朱红色的太阳悄悄地从海平线上露出笑脸，似乎是龙女从海底用手轻轻地挺举一样，巨轮般的红日，冉冉上升。随着红日上升，颜色也在渐渐变换，由朱红色，变成橘红色；片刻，又变成金黄色。在红日离开海平线的时刻，海水里又露出同样大的金黄色的半轮红日，恰似两轮红日粘在一起。眨眼间，上边的红日往高一跃，下边的红日瞬即藏入海底。人们称这奇景为“红日浴海”。这时，倏的一道金光大道，从海平线上的红日处直铺到你的身旁。随着红日喷射出万道金光，给整个浮斗山披上一层薄薄的金色纱幕，满眼变成了一个金色的世界，此时，海面上舟楫往返，光芒四射，一片壮丽景色。

从浮斗山沿着山峦起伏的公路下行，你会感到，有时如乘飞机在空中翱翔，有时如乘游艇在海上游弋。远处是碧绿的大海，波光粼粼；两旁是那繁花馨溢的风景树，尽管它们的身躯被海风压得像用梳子梳过的那样朝山下倾斜，面向大海，可那强劲的枝干却依然指向山顶，有种不屈不挠的风格。

在皇帝山脚下，一大片沙滩绵延2000多米，纵深近500米，雪白柔软的细沙垒出了一座陡峭的“城墙”，没有树木，没有绿草，行走其中，就像是置身于荒无人烟的沙漠。然而，近在咫尺的却是无边的大海，美丽海岸与大漠风光相互映衬，真是别具一格。

还有位于南日岛中部的九龙山，险峻逶迤，连绵数里。这里地势险要，自古乃兵家必争之地，至今还保留一些当年古寨设立的堡垒等工事。如果你有时间去登无人岛，体验岛上露营，真实感受那返璞归真的滋味。每当夕阳落下时，西寨港彩霞万丈，岛海山港一片灿烂，绚丽多姿。恰如临瑶池仙境，倍觉心旷神怡。

在风光秀丽的尖山山腰，矗立高高的烈士纪念碑，系为纪念在抗日战争、解放战争以及1951年和1952年英勇抗击台湾国民党军队侵犯光荣牺牲的中国人民解放军战士而建立的，台内各层埋葬着烈士的忠骸。数千南日优秀儿女与人民解放军并肩作战，奋勇抗敌流尽了最后一滴血。碑身正面镌刻原中共福建省委书记叶飞的题词“烈士英灵永镇海疆”8个大字。正因为是一代一代南日岛的军民做出的巨大牺牲，才换来今天的国泰民安，繁花似锦，南日岛才真正成为广大人民群众避暑游览、休养自息的胜地。近几年，国内外许多游客到这里来避暑游览，他们或在碧波中畅游，或在海滩上拾贝垂钓，或在沙滩上信步，或在山顶上眺望，或在园林中赏花……尽情地享受南日岛令人心醉的秀丽风光。

南日岛，您是镶嵌在祖国海岛中的一颗明珠，我深深地祝福您，明天会更好！

大龙山之美

大龙山，一个多么熟悉而又陌生的名字。

大龙山，位于乐安、宜黄和宁都三县交界处，海拔 1325 米，属武夷山西部支脉。南邻军峰，北连大华，东接凌华，西连鹿角，四面名山怀抱，似众星捧月。当越野车把城市的印记抛在身后，我的眼前便只剩下这座巍峨耸立的大龙山了。蜿蜒的山路始终看不到尽头，我的目光一次次地定格在山涧溪流中的一个个怪石上。不知道美丽神奇的大龙山会以什么方式对待我的登临，但我无从选择，唯有拾级而上。

秋天的大龙山，到处都是风景。满眼的绿色，仿佛没有季节更替。从连绵起伏的山脉看去，那青葱的树木，翠绿的藤萝，遮羞缠绕，摇动低垂，参差不齐，随风飘动，绿浪滚滚，真是赏心悦目。远处传来的鸟鸣，时而高，时而缓，恍若误人仙境一般。这里水清至明，岩石板像人工洗刷过一样干净。山中间一悠悠小峡谷，弯弯的溪水潺潺汇成瀑布，这瀑布像白色的丝带很轻柔地披在灵秀的岩壁上，没有太大的喧哗便流成一绿潭水，在山林的辉映下绿得出奇，绿得诱人，绿得让人陶醉。远看，一片硕大无朋的枫叶，在山风吹拂中婆娑弄影，宛如从天上掉下的一大块绿翡翠。潭水深浅不一，层次分明，深处迷离，浅则见底，潭里荡漾着缠缠绵绵的鱼水情歌。山里的阳光明朗而直白，照射着清幽的峡谷，所有的一切更加引人注目，潭水更加闪闪生辉。这分明就是一幅大自然挥墨泼就的山水画，而我窃喜的就是那画中人。到了大龙山，我才真正领悟到色彩不是画家画出来的，也不是什么油漆工涂出来的，是大自然的鬼斧神工才使我们的世界丰富多彩。

大龙山虽山高路陡，但美景众多。如“真武踏龟”“高山涌泉”“门外香炉”“龙渊印月”“神钟附水”“案列眠弓”“木鱼挺秀”和“古杏双株”等，可谓一步一景，别有洞天。但更有名的是山上的唐龙寺。传说该寺是南唐晚期，一李姓皇帝因乱军追赶至此，被寺庙前的银杏树仙所救，故得名“唐龙寺”。因此在宋代时，这里的香火曾达到鼎盛。寺院前的银杏树至今仍然枝繁叶茂生机盎然，与寺院后面的一棵千年的巨大红豆杉一前一后守护着唐龙寺，难怪善男信女都说这里的签特别灵验。寺院的后山是一片青翠的竹林，一股清泉从竹林里溢出，湍湍地淌过小溪，流人银杏树边的一口水塘，鱼儿在塘里游动和嬉戏，灵气十足。

神奇的大龙山，茫茫的原始密林逶迤连绵数十公里，这里溪流众多且分布均匀，涵盖了宜黄华南虎省级自然保护区和宁都赣江源自然保护区及乐安老虎脑自然保护区。她虽然没有泰山的壮观雄伟，也没有黄山的陡峭险峻，更没有喜马拉雅山的高耸入云，但大龙山那荡气回肠，缥缈云峰，幽谷丛林，青翠欲滴，奇秀清丽，在我心中却是另一道风景，她宛如妙龄少女，婉约、柔美，风情万种。这就是自然之美，它赋予了大龙山更多的灵性，也赐予我无尽的遐思。

第四篇

人生思絮

在摇曳不定的灯光下，回味昨日与亲友别离的惆怅，在物换星移中感悟时空隧道曾经给予我们的喜怒哀乐、悲欢离合、生老病死。空间距离的宏大，往事如烟的久远，都不会成为人类追忆历史、穿越时空的障碍。

“没有不透风的墙”析

墙的结构各有不同，大概皆不能做到“天衣无缝”，于是便有了“没有不透风的墙”之说。现在，这句话又被一些人推而广之，有的党委研究干部任免调配的会议刚完，下面就有人一清二楚了，而当上级追查时，有的同志却振振有词——“没有不透风的墙”嘛！

细细琢磨，形成此弊端的主要原因有二：一者，有的同志本身就是“消息”的传播者、“透风”的风源，于是便搬出“没有不透风的墙”当作挡箭牌和护身符；二者，有的领导对“透风”现象或见怪不怪，或漠然置之，或追查不力，在客观上起了助长此类歪风的作用。

“透风墙”的危害甚烈，它使党组织有事难议，无密可保，直接影响党组织建设和各项工作任务的实施。“透风墙”的存在，是党风不正的一种表现，是削弱党组织战斗力的一种腐蚀剂。

俗话说得好：“泥巴糊得厚，寒风难穿透。”只要我们每个党员尤其是党的各级领导干部保持高度的党性观念，自觉接受党的纪律的约束，“透风墙”便会成为“密封墙”了。

从华佗医病说起

华佗医术高明，堪称神医。然而，华佗给关羽和曹操治病，却受到了两种截然不同的待遇，给人以启迪。

关羽在樊城之战中，臂中毒箭。华佗羡慕他的英雄胆识，从江东驾小舟来为他医治，关羽以礼相见，待如贵宾。华佗为他“刮骨疗毒”，喊喊有声，血流盈盈，见者皆掩面失色，而关羽却“饮酒吃肉，谈笑弈棋，全无痛苦之色”。治完后，关羽爽朗大笑，对华佗的医术赞不绝口，盛情设宴款待。

某日，曹操忽发头风病，差人星夜请来华佗。华佗说，应用利斧砍破脑袋，取出风涎，方可根除。谁知曹操疑惧，“此人欲趁机害我！”于是“急令追拷”，将其投入狱中。曹操杀掉华佗后，病势日渐加重，不久，便“气绝身亡”。

前者刮骨疗毒，不惧疼痛，诚心就医；后者疑神疑鬼，害人又害己，自取灭亡。由此联想到现实生活中，一些人身上缺点成堆，一旦有人提出批评，不仅不积极改正，反之却认为对方别有用心、存心不良，轻者对批评者不理不睬，视为耳旁风；重者则报之于恶言恶语，企图报复，其缺点在不知不觉中滋长蔓延，直到无可救药的地步，等待在前面的只有死亡。

说“模糊”

模糊，即不清楚、不分明是也。这模糊，给自然界的景物增添了许多妙处。被誉为“黄山归来不看山”和“不识庐山真面目”的人间胜景黄山、庐山，云山雾罩，若隐若现，就被这“模糊”弄得美不胜收，令人叹为观止。

但模糊不仅能造美，也能亮丑。近读《资治通鉴》，发现“模糊”也被用到了官场上。五代时期，有个宰相叫冯道，此人熟稔为官之道，曾亲作一首咏舌诗：“口是祸之门，舌是斩身刀。闭口深藏舌，安身处处牢。”因此，他能不说的话坚决不说；实在不说不行，也只说些“依违两可、无所操决”的模糊话，让别人无把柄可抓，事后无承担任何责任之虞。由此，冯道朝朝得宠，官运亨通，就得益于“模糊”学。所以，步冯道后尘者不绝于世，“今天天气哈哈哈”得以空前地“发扬光大”。

“模糊术”的危害甚烈。如果在大是大非上搞

"模糊术"，可使党中央的声音失真变调；如果在决策、决断上搞"模糊术"，可导致党的事业受损。

任其"模糊"下去，只能是不该模糊的模糊了，已经模糊的更模糊。用人标准模糊了，荣辱是非模糊了，道德标准模糊了，其后果令人不寒而栗！

某些"公仆"喜玩"模糊术"，说到底是其人生观模糊了。清代陈伯崖说过"人到无求品自高"。倘"公仆"于私到了"无求"的境界，还会玩误国误民的"模糊术"吗？奉劝那些喜搞"模糊术"者，于国之前途、命运上多一点清醒，于个人仕途、得失上多一点模糊；于大是大非上多一点清醒，于蝇头小利上多一点模糊。

何必一升脸就变

常有"一阔脸就变"之说。我想，有的人真的阔了，摆摆阔相，也属一种自然。可日前听友人说，较"一阔脸就变"更差劲的是"一升脸就变"。

据调查，"一升脸就变"的人为数不多，层次也不高，多半是些"中不溜"的官儿。这些人或者昨天还是"跑龙套"的，今天刚当上什么"长"了，一夜间脸色就陡然大变，往日的笑脸常被威严、盛气所取代；官架子也来了，遇到下级或群众，头总是往上昂；脾气也比以前暴了，动辄指责、训斥、骂人，就连往日的同事、战友也不放在眼里了。不过，最厉害的还是变得图享受了，昔日的住房嫌小，办公条件嫌差，车子嫌不够档次，青梅竹马的爱妻也嫌不那么罗曼蒂克了。假如自己不够配专车的资格，便把公车占为己用，别人有公事也要为他的私事让道。如此种种，变化之大，不一而足。

本来，职务只是加在人身上的一种责任，不会也不应该因职务一变而什么都随之而变。比如知识水平就不会因职务变化而一夜之间变得满腹经纶，思想觉悟不会一夜之间变得百分之百的布尔什维克。当然，随着职务的变迁，有些方面发生变化是应该的，如事业心、责任感变得更强了，对自己的要求标准更高了，对问题的看法更客观实在了，对群众的态度更谦逊了。这些变，不仅没有人在背后“戳脊梁骨”，还会赢得群众的赞誉。

古人云：“将相本无种。”领导原本是群众，都是从群众中一步一步走过来的。离开组织的培养，离开群众的支持，而变得傲慢、变得贪图享受，就会把自己置于群众的对立面，到头来，其结局一定是很可悲的，因为“水可载舟，亦可覆舟”。

“富贵”之后说祸福

清代文人钱泳在《履园丛话》里说：“功名富贵未到手时，望之如在天上。一得手后，亦不过尔尔。然从此便生出无数波折，无数觊觎。”

所谓“觊觎”，非分之望也。把功名富贵看得像天上的星星、月亮一样，可望而不可即，做人是比较谦虚谨慎、兢兢业业的；然而，一旦到手，自己顿感如平步登天，有一种“会当凌绝顶，一览众山小”的感觉。生活中，点头哈腰胁肩相向的多了，耳朵里，甜言蜜语吹吹捧捧的多了；而与之平起平坐敢于当面说“不”的少了。这就构成一种精神状态的温室环境，骄傲惰气极易在这种环境中滋生和发展。作为一个普通人，如果不是“特殊材料制成的”，常处在这种环境里，就像放在暖箱里的肉、污水中的铁，是很难不腐不蚀的。

所以钱泳主张，做人“不贫不富”最好。太穷，穷得整日饥肠辘辘，没心思做事做学问，当然不好；太富，就易生“非分之望”，也不好。没钱不行，有，也不要太多，既不缺吃穿，也没多到可以花天酒地胡作非为导致违纪犯法的程度，是最理想的了。

这种想法确实不错，可惜是行不通的主观幻想。“富者，人之情性，所不学而俱俗者也”，“天下熙熙，皆为利来；天下攘攘，皆为利往”（司马迁《货殖列传》）。世界之大，天下人口几十亿，不想富的有几个？

富了之后是不是就一定会变腐败呢？《春秋左氏传》里说：“善人富谓之赏，淫人富谓之殃。”可见，富只对“淫人”才是有害的，对于“善人”，不仅不会使之遭殃，反而会好上加好。关键何在？钱泳认为在于“好学”。

把好学对于防腐败的作用说得那么肯定、那么绝对，可能有些夸大。不过，纵观历来由富变骄而身败名裂的人，其中真正好学的，也确实不多。可见，好学还是管用的。

强调以好学来防腐，反映了中国哲学的一大特点，即注重反求诸己，修身养性，每日三省吾身以求自我完善的古老传统。比起西方的不重视主观思想的改造，这应是一个优点。它的不足之处，是忽视环境、体制与制度的作用。马克思不是早就说过环境比主观意志对人有更大的支配作用吗？

求富不是坏事。人不富受穷，国不富人家便瞧不起你、欺侮你、揍你。富还是要富的。问题在于，在强调学习与改造主观世界的同时，要抓紧建立一套切实可行、过硬又便于操作的预防腐败的软硬件系统。

贼怕响声鬼怕亮。把一切涉及公众利益的事务，尽可能提高其透明度，置于广大群众的监督之下，使群众可以依法无所顾忌地予以监督，给予曝光、敲打，“鬼”才不敢那么肆无忌惮，小“鬼”才不致恶化成大“鬼”。这既是对人民负责，也是对那些好不容易培养起来的已经担当重任的领导干部的最有效的爱护。

批评的启示

机关开展“三讲”教育，开展批评与自我批评，原以为只是走走过场，想不到来了真格的。长时间听不到批评，自我感觉良好，现在一听到批评，尤其是同级或下级的批评，心里和脸上就非常不自在。但过后想想，人家批评你，语重心长，态度诚恳，实在令人感动和钦佩，你只有愉快地接受和改正。

批评是人生进步的一种动力和源泉。人不是十全十美的，人生的旅途也不是一帆风顺的。不管是谁，工作和生活中都可能有许多的错误和缺点，只是没有认识而已。儿时，受父母的批评是最多的，虽然心里不痛快，但小树能在不断修剪中成长起来。刚参军时，挨批评也不少，缺点、毛病都在接受批评中不断得到克服和纠正。毛泽东同志是这样强调开展批评与自我批评的："房子是应该经常打扫的，不打扫就会积满了灰尘，脸是应该经常洗的，不洗就会灰尘满面。我们同志的思想，我们党的工作，也会沾染灰尘的，也应该打扫和洗涤。"既然批评有这么多的好处，可为什么一些人一受批评就大为不快，产生怨气，甚至背上思想包袱呢？

我想，一是有的人认为自己做得对，身上还找不出什么缺点和错误；二是明知错了，但碍于面子，受到批评不承认；三是讳疾忌医，担心揭短，怕露丑。

一个人要想进步，就要对批评有"有则改之，无则加勉"的态度。如果一听到批评就冒火、就反感，甚至认为批评者是跟自己过不去，那这个人就会使自己在错误的道路上越走越远。我们知道，钟表的停摆往往是一弦之故，人犯错误也往往是一念之差。人要想不犯错误或少犯错误，就要虚心接受批评或主动争取批评。

眼下批评在一些单位或部门开展不起来，除了一些客观原因之外，更主要的是人们对批评缺乏虚心和主动的态度。批评同级怕伤"感情"，批评下级怕丢"选票"，批评上级怕穿"小鞋"，你好、我好、大家好，久而久之，养成了一些人"老虎屁股摸不得""小猫的屁股也摸不得"的臭毛病。

其实，也不是摸不得，关键是想不想摸、敢不敢摸或怎样摸。事不关己，高高挂起，当然不想摸；一事当前，先替自己打算，当然不敢摸；官气十足，没有调查，乱批一通，甚至搞个人攻击，图报复，泄私愤，更不会有好效果。

事业要发展，单位要搞好，个人要进步，无论如何都不能没有批评。批评是带刺的仙人掌，当然没有表扬那么令人愉快和悦目，但我们绝不能光听表扬而拒绝批评。如果一个人受到批评后感到无所谓，面对错误和缺点不以为耻，反以为荣，我想这个人大概已经无可救药了。有的人受到批评，可能一时想不开，但过后还是非常感谢批评。所以，批评者只要是为了工作、为了事业、为了同志，是不会得罪人的。

一个人如果长期得不到批评、听不到意见，就要引起警惕，起码你应该问一问：身边还有没有肯帮助自己进步的朋友呢？

也说染发

人生弹指一挥间。人到老年生白发是自然规律，翻过生命的“山脊”，于是乎开始披上鹤发，挂上银须。古往今来，咏叹白发的诗文很多。苏轼曾诗云：“人见白发忧，我见白发喜。几多少年人，未见白发死。”杜牧诗云：“公道世间唯白发，贵人头上不曾饶。”一些书刊上也常见描写山林古寺修身养性的人是“精神墨铄，鹤发童颜”。可见虽然养生有术，能修炼成“童颜”，但对“白发”却无可奈何。现在不同了，随着科学的发达，染发技术的发明，可以轻而易举地以假乱真，使白发人变成黑发人。最近，看了马未都先生写的《染发》，感觉马先生对事物的观察与思考，真是入木三分。当然也看了马先生的其他一些文章，都是有关对人生的感悟与启迪的。马先生文章很短，颇有鲁迅先生的风骨。

我今年也是人生过半，五十开外，也常常染发。从二十几岁开始，出于好奇与时尚，我开始染发。因为母亲二十多岁就有白发，或者是有遗传吧，我二十多岁也半头白发。那时染发原因有二：一是显年轻。一头白发，别说找不到对象，起码人们会说：“你看啊，皮肤白净，脸无皱纹，怎么会一头白发呢？”二是自己心想，我不老呀，怎么走在街上，大家对我都非常客气，把我当作长者来看待。我纳闷怎么会这样呢？于是染发。染发使我感觉年轻，感觉时尚，感觉表象的幸福与风光。

但实际上，染发剂里的化学添加剂毕竟对人体会造成伤害，就像吸烟是一种慢性中毒一样。目前，国内外所有的染发剂，都是含有多种有害成分的化学剂。美国医学界鉴于染发剂导致的白血病，提出了“染发白血病”的新概念。我国北京一大医院血液科发现，近年来中老年人急性白血病患者中40%有染发史，尽量不染或少染发为好。但世界的辩证法就是有这么一种理论：“存在就是合理的。”我想，染发这种现象，在科学没有破解从基因的本质上解决白发之根本问题时，染发和不染发的现象都是市场与选择的自由。

也许，我明天决定不染发，还我一个鹤发童颜的自我；也许我认为染发到老，须发皓齿，青春常在。所以，染发现象的产生不是坏事，不能一概而论，要辩证地看待。它同整容一样，为人的外貌查漏补缺，或者锦上添花，是现代都市社会对美的追求所带来的必然产物，我们没有必要去指责它。因为它的确给我们的生活增添了一道亮丽的风景。

T 型台的风光显现，大都市的个性展示，无一不在昭示我们，时代的脚步仍在不停地向崭新一页迈进。当然若干年后，染发也许已不是时尚流行的元素，可能早已是时尚词典中尘封的历史了。

贺年片的来历

每逢岁末年初、辞旧迎新之际，良朋亲友们喜欢互相赠送贺年片，以交流情感，增进友谊。

贺年片又称“贺年帖”“片子”，在我国已有上千年的历史了。它源于汉代的“名刺”(名片)，唐宋时叫“门状”“飞贴”，清代称“红单”(用红色硬纸做成）。由于我国古代使用农历，所以古人赠送贺年片全是在春节期间。直到 1912 年我国开始使用公历，人们开始在元旦期间互赠贺年片。至于外国，早在 15 世纪，德国便有人用铜板制成贺年片。18 世纪末，贺年片开始在德、法等国盛行。

19 世纪后半叶，在英、美等国也形成了互相交换有祝贺圣诞节新年词句的贺年片的风习。可见古今中外，贺年片早已广泛运用于人们的生活中了。

超越时空

在人们的印象里，时间不会像空间那样停留在某个点上可以重头迈越，而且过去的就过去了，不可能再回头抓住它或穿越它。但实际上，人类不仅总在跨越空间，而且每天都在超越时间。我们不仅可以不远万里地回到老家看看房前的流水、屋后的老树，更可以在异国他乡的窗前追忆童年的梦想，在摇曳不定的灯光下，回味昨日与亲友别离的惆怅，在物换星移中感悟时空隧道曾经给予我们的喜怒哀乐、悲欢离合、生老病死。空间距离的宏大，往事如烟的久远，都不会成为人类追忆历史、穿越时空的障碍。

时空是财富的积累，是文化历史的沉淀，也是每一个希望的开始。

带上阳光前行

有一句格言是这样说的："无论去哪儿，什么天气，记得带上自己的阳光。"人的一生在宇宙时空中只是瞬间。"但见时光流似箭，岂知天道曲如弓。"当四肢健全、可以奔跑时，常抱怨周边的环境如何糟糕，抱怨自己生活不够幸福，抱怨个人事业不如意。有一天，突然瘫痪了，坐在轮椅上，这时，抱怨自己怎么坐在了轮椅上，于是怀念当初可以行走、可以奔跑的日子，这个时候才知道那时的阳光多灿烂。又过了些年，坐不踏实了，长褥疮，各种各样的问题开始出现，突然开始怀念可以安稳坐在轮椅上的时光，那么毫无痛苦，那么恬静适然。所以一次又一次地重温过去，在逝去的时光中徘徊，一辈子在忧虑中度过。

其实，过去的已经过去，未来的还没有到来，焦虑什么呢？你知道什么是真正的恐惧吗？真正的恐惧不是血肉横飞的画面，而是心灵的烦躁与忧虑，现世的悲观与失望，未来的徘徊与彷徨。

人不应该为俗事所羁绊，为说不清的烦恼所纠缠，要自我寻找心理平衡。"人生无苦乐，适意即为美。”人，只能活一次，而这一次就只有短短数十个寒暑。因而，我们必须充分利用“此生于世”这个“千载难逢”的机会，痛快淋漓地活出自己的风采，活出自己的个性，将一个真实的自己活灵活现地演绎出来，不要自我压抑和焦虑，珍惜当下，离尘嚣远一点，离自然近一点，带上自己的阳光前行。

阳光是温柔的，它能抚慰我们受伤的心灵；阳光是灿烂的，它能照亮我们生命的历程；阳光是温暖的，它能驱逐我们心中的寒冷；阳光是炽热的，它能燃起我们生命的火焰。让我们的心灵沐浴阳光，让阳光充满我们的心灵，世界就会更加美好和谐，人生就会更加灿烂多彩，生活就会永远充满快乐与激情！

永流心中的河

心中有一条河。

它无始无终，时而激荡，时而舒缓。像是漫不经心地在流淌。有时，我试图阻止它，让它从内心深处、从我的灵魂里消失，它却旁若无人，依然唱着自己的歌。

于是，有事或无事的时候，我总爱凝神静听这河水的声音。它是那么的孤独寂静，在人们都匆匆忙忙为生活奔波的时候，它只想守住一隅，只想把自己心中的花园浇灌得美丽再美丽些。然而，这小小的愿望却常常被意外的风雨所侵蚀。它只好拼命地流淌，拼命地挣扎，不想被遍地的杂草所淹没，这河水因此又是那么的热烈奔腾，它映衬着阳光散发出每一缕思绪，还有季节周而复始的循环，印证每一个成功或失败。这时候它像一个睿智的老人，在静默中俯视着生命。

心中的河，它只属于我。无论高贵与低贱，它都不离不弃地呵护着我。有时，当我行走在崎岖的道路上，我感到这条河仿佛在穿越蜿蜒的山村，每前进一步都要付出很多勇气，可是，只要河水在流淌，花就会开，草就会绿，森林就会茂盛，因而自己就没有停滞的理由。

这是一条永恒的河。它潜伏在每个人的内心深处，只是有些人没有意识到它的存在罢了。也有些人的河流里浮满了杂草和落叶。这样的人，内心世界早已是荒芜的，他们只知道自己的衣袋里又装了几张钞票，只知道做钱和物的奴隶。有些人虽然外表年轻漂亮，可内心的河流却早已干涸一因为没有河水的滋养，他们的脸上总有种让人害怕的荒凉。

这情景让我回想起另外一些河。

有《静静的顿河》，它的博大和深邃，让我每一次想到“顿河”这两个字的时候，都有一分激动和颤抖，不止一遍地读过它，后来又看了同名电影，目睹了顿河以及哥萨克人的命运和那令人惊心动魄的画面。

有俞平伯的《桨声灯影里的秦淮河》，它没有顿河的瑰丽，摄人心魄，但是却有一种淡淡的忧伤，让我情不自禁地随着秦淮河上的灯影徘徊、徜徉。

有张承志的《北方的河》，这条河和生活在南方的我相隔很远也很近。

那年出差在北方，一个朋友说：你不是喜欢河吗？我们这儿有一条无名河。我说：凡是真正有魅力的河，都是有名字的，像黄河、运河、塔里木河。这条河连名字都没有，有什么好看的？但他很固执，我也不能辜负了这番好意，决定去看这条河。没想到车在路上跑了很久，到达河边已是黄昏时分了。没想到，黄昏下的这条河竟是这样沉静。有几只白鹭在河面上，河的四周长满了胡杨，我的心激动起来。“草原不管有多么辽阔和健康，它的河流，都是忧郁的，有一种无法说出的忧愁。”我的脑海中跳出了周涛在《忧郁的巩乃斯河》中写下的这几句话。这条河不在草原而在白碱滩上，怎么也是这么忧郁呢？是因为它没有名字，不能响亮地被人呼唤吗？不，这条河原本就应当没有名字的，它是那么清澈，你毫不费力就可以看到河底的石头；它是那么精致，只有十几米宽，可是却没人知道它源自哪里又流向哪里。这样的河在我们寄居的城市越来越少见了，留下的河只能叫作“石河”或“河床”。一旦有了名字，就不再能保持这份清纯和安详了。一种似曾相识的感觉，我想起家乡门口的那条小河。避开同来的朋友，独自与河默守，即使什么也不说，心灵中却有一份默契。哦，这不就是我心中的河吗？原来这河是有形的，它和天地和千年不死的胡杨一同侃侃而谈，它只为需要它的人类而存在。

我俯身掬起一捧河水，轻轻浸在脸颊，亲爱的河，永恒的河，就这样生生世世在我心中流淌吧，一直到永远。

最美是半饱

对于现代人来说，忧心的不再是吃不饱、吃不好，而且营养过剩的问题，比如高血压、高血脂、高血糖、痛风等一系列“富贵病”越来越多，“病从口入”，归根结底都是吃出来的。

古人曾说过：“若要身常康，腹中三分饥。”《红楼梦》第四十二回写王太医为巧姐儿诊病，就说：“我说姐儿又骂我了，只是要清清净净地饿两顿就好了。”

半饱是知足，是节制，一些聪明的人只吃到半饱便停止不食，这大合养生之道。

吃饭是要吃七八成，做事须留三四分。半饱，表面上看是亏损的，实则是丰盈的。香港人欧阳应雾在他的著作中说："半饱是一种完美的缺陷，一半的希望，一半的耐心，才是一整片蓝天。"

半饱，实际上是一种自我的约束，收纳更多诱惑的生活哲学。人不要太过贪心，不跟自己过不去，不给朋友找麻烦，不与同事闹别扭，取舍有度，方是做人的最高境界。

书写人生两支笔

如果说人生是本书，那么写这本书的是两支笔。

一支笔写成长，一支笔写衰老。成长不是为了衰老，但衰老蕴含着成长。成长的时候不要怕，长成的时候不要悔。

一支笔写前进，一支笔写后退。大街、小巷子、车站、码头、机场，看那些来来往往的人群，谁能说清，哪一个是在前进，哪一个是在后退？有的后退是为了前进，有的前进却导致了后退。

一支笔写快乐，一支笔写烦恼。如果说人生是一辆载重的车，那么快乐和烦恼就是支撑它的两个车轮。有沉重，才会有轻松；有痛苦，才会有欢乐。我们期盼快乐，但不害怕烦恼。屈服于烦恼会更烦恼，战胜烦恼才能孕育新的快乐。

一支笔写成功，一支笔写失败。没有人不希望成功，因为成功是对自己辛劳的最好报答，是对自己能力的最好证明。但事实是，我们的许多智慧，却往往来源于失败。这正如作家斯迈尔斯所言："了解了什么行不通，才发现了什么行得通。"

一支笔写他人，一支笔写自己。任何一个人都不能离开他人而独立生存。所以人应该写自己的梦幻，自己的奋斗，自己的辉煌；更应该写他人的价值，他人的慷慨，他人的奉献。因为越是抬高自己，自己就越孤芳自赏。

一支笔写未来，一支笔写过去。每个人都有未来，每个人都寄希望于未来。因为无论过去多么成功，多么灿烂，都将无法留住和挽回，所以不管你过去写下的是飞黄腾达，还是辛酸眼泪，现在都需要拿起另一支笔，描绘更美好的蓝图，展望更壮丽的未来。

传说有一位国王要一位大臣用一句话来概括世界六千年的发展史。这位大臣说："他们出生了，受了苦，又死了。"也许，这就是人生的最好诠释。有人说活着就要"受苦"，也有人说活着就要"享乐"，但无论是"受苦"还是"享乐"，既然来到这个世上，就得奋斗一回，拼搏一回，呐喊一回，闪亮一回，这既是为了他人，也是为了自己。

话说人生“六不交”

有道是“物以类聚，人以群分”，这话极有道理。谁要是想跳出自己生活的圈子，去另外结交朋友，穷小子偏要高攀富翁，平民百姓硬要依附高官，十有八九要碰一鼻子灰；即便“贴”上去了，也不免自取其辱，自寻烦恼。所以，依我的人生经验，要想自得其乐地过好自己的日子，答案是“六不交”。

不与富人交，我不穷。穷与富都是相对而言的，本来，你的小日子过得不错，房不大但够住，钱不多但够花，家具不时髦但实用，车不豪华但能跑。可是如果硬要和富人交往，一看人家那豪宅花园、名车游艇，再看人家花天酒地、一掷千金的派头，顿时就生闷气，感觉自己穷得惨不忍睹。其实，你没有任何变化，只是因为你交友“不慎”，一下子把自己变成“穷人”。

不与显贵交，我不贱。在我自己的生活圈子里，我堂堂正正，无欲则刚，人人敬我，我敬人人，是个响当当的纯爷们儿；可是当你想跻身显贵圈子去混世界，那就不得不仰人鼻息，唯唯诺诺，受人白眼，腰永远直不起来，成了谁也瞧不起的贱。

不与“成功者”交，我不失败。人生成功，或升官，或发财，或成名。可成功者，照样过日子，我时间上不差你一秒，人格上不比你低一分。所以说，不要刻意去结交那些成功者，否则“人比人得死，货比货得扔”，想想自己这也失败了，那也无奈，简直不想活了，这是何苦来哉？

不与名人交，我不自卑。名士大腕，生前惊涛骇浪，死后流芳后世；我却默默无闻，如同无名小草，活着没有影响，死后无人关注。本来这也很正常，两股道上跑的车，各行其是算了。可非要把你的热脸往人家冷屁股上贴，请题词，要签名，留合影，那就会自找没趣，还让自己感觉格外自卑。

不与风流才子交，我不怕自惭形秽。风流才子，才高八斗，满腹经纶，出口成章，非常人可比；我生性笨拙愚钝，只会卖死力气、苦功夫，笨鸟先飞居然也偶有小成，因不与他们交，就不知天高地厚，倒也常自鸣得意，自得其乐。

不与幸运儿交，我不叹命运不济。有些人运气特别好，上天垂青，要风有风，要雨有雨，一路绿灯，事事如意；而我半生坎坷，不时碰壁，老是摔跤，磕磕碰碰才走到今天。不和他们比，我觉得老天待我不薄，时不时还对命运之神生出感激之情，因为我周围的这些同事、朋友、兄弟也一样，彼此彼此。

其实，世界上的人往往是崇高一瞬间，平庸一辈子。所以一个人只要认识到了自己不穷、不贱，少些欲望，不自卑自弃，淡化失败感，常怀感激之情。

那么，这个人的生活也许算不上“诗意地栖居”，但肯定会生活得潇洒快乐、本色自然，就如同山间明月，江上清风。

人生的哲学

困难的事。有人问古希腊哲学家泰勒斯：“你认为人活在这个世界上，什么事情是最困难的？”泰勒斯回答说：“认识你自己。”是啊，认识自己难，认识自己的不足更难。

贵重的财物。毕阿斯出生于古希腊普里埃耶城。一次，当普里埃耶城遭到围攻时，居民纷纷带上自己最贵重的财物四散奔逃，只有毕阿斯一个人赤手空拳。居民们问他为什么这样离开时，他回答说：“因为我的一切都在我的身上。”是的，还有比生命更宝贵的吗？

安全的船。有人问古希腊思想家阿那哈斯：“什么样的船最安全？”阿那哈斯说：“那些离开大海的船。”因为不走路，才不会摔倒；不航行，才没有危险。但船离开了大海，也就没有了存在的价值。

理想的家居。有人问古希腊的庇塔乌斯：“最理想的家居是什么样子？”庇塔乌斯回答：“既没有什么奢侈品，也不缺少必需品。”这个回答很理智，也很聪明。奢侈品是给别人看的，必需品是给自己用的。打肿脸充胖子的人，可能永远也成不了“胖子”。

永远的道德。有人问雅典执政官梭伦：“为什么作恶的人往往富裕，而善良的人却往往贫穷？”梭伦回答：“我们不愿把我们的道德和他们的财富交换，因为道德是永远的，而财富每天都在更换主人。”道德是永远的，财富是暂时的。这是因为靠作恶致富的人，内心肯定会非常空虚，所以富裕也绝不会长久。

健康的意义。有人问赫拉克利特身体健康的重要程度，赫拉克利特说：“如果没有健康，智慧就无法表露，文化就无法施展，力量就无法战斗，知识就无法利用。”这是因为生命因健康而快乐，因疾病而枯萎。健康是人生的第一财富，有了健康，才有了人的一切。

流动的河流。有人问赫拉克利特：“过去的事情能否更改？”赫拉克利特回答：“人不能两次踏进同一条河流。”这是因为流水会变，落花会变，时间会变，环境会变，一切都在变，所以什么都不能重复。

不同的城市。有人问柏拉图：“一个贫穷的国家为什么也有富人？”柏拉图回答：“如果你把一个国家当作一个纯粹的国家，那就大错特错了。因为任何一座城市都是两座城市：富人的城市和穷人的城市。”而且到任何时候，穷人都会多于富人。所以城市的领导者做决策的时候，千万要首先想到穷人。

活着的理解。一个满脸愁苦的病人问安提丰：“活着到底有什么意义？”安提丰说：“我至今也没有弄清楚，所以我要活下去。”活着就是为了追求，为了探索，为了知道自己很多还不知晓的大千世界。也许，这就是活着的意义吧！

吃饭的区别。有人问大哲学家亚里士多德：“你和平庸的人有什么不同的地方？”亚里士多德回答：“他们活着是为了吃饭，而我吃饭是为了活着。”所以庸人享口福之乐，哲人享智慧之乐；庸人享物质之乐，哲人享精神之乐。

道歉的好处。有人问政治家塞涅卡：“道歉有什么好处？”塞涅卡回答：“道歉既不伤害道歉者，也不伤害接受道歉的人。”因为道歉是一种道德，不仅能化解矛盾，而且会给自己及对方带来轻松和愉悦。

拿什么养生

人到中年后，我的那些朋友就开始陆续学养生，就像一只用久了的木水桶，搬到通风有氧的地方去修补。

开装潢公司的洪老板喜欢吃滋补品，一张厚嘴唇，红润得像 18 岁少男。在他眼里，只要是绿色的东西，他都崇拜。洪老板这几年发财了，追着新鲜的东西吃，前几年说不喝牛奶，改喝羊奶了。喝过羊奶的洪老板，自称明显地感到气力比以前充足了。有一天，他怅然若失地对我说："养生，让银子都哗哗地流到别人的口袋里，不如自己做羊奶生意。"我认真地向洪老板建议，不妨借两头羊，把羊牵到乡下的葡萄园里，开羊奶品尝会。山羊一边咩咩地叫，一边不时吃从葡萄架上掉下的葡萄。洪老板听了哈哈大笑。

我有自己的养生法。我认为，跑后站在一棵树下深呼吸，动静相宜，简单而又不花钱。

是啊，前半生，我们想着谋生；后半生，我们想着养生。问题是，这个时代，我们该拿什么围攻发了财的洪老板，他总是不解：自己每天把发型梳得一丝不苟，苍蝇都站不住，皮鞋擦得油光锃亮，水都浸不透地去见客户，下班后还忙着养生健身，可一到晚上，枕着枕头总想到挣钱那些事，就是睡不着。失眠，怎么能养生？

其实说白了，养生不如养心，就是养一种富足、平和和淡然的心，因为这尘世间有许多烦恼事，弄得你心灰意冷。有人说，有时候人就像一只麻雀，误人堆满财富的房子，为了找到一处逃生的出口，在房子里飞来撞去，劳累而焦躁。养生容易，养心很难。

诗词与人生

（一）人生如诗词

人生如诗词。诗词有韵律，人生也有韵律。诗词的韵律是平仄对仗与押韵的规则。人生的韵律是生命的价值、生存的技巧与生活的艺术。

诗词有了韵律才有品位，才会千古流传，朗朗上口。人生有了韵律才有价值，才有意义，才能体现人生的真谛。

诗词之韵律与人生之韵律，是一种和谐的美感，是大自然赋予我们的天籁之音。

完美的人生，是一篇脍炙人口的抒情诗，是一首慷慨激昂的进行词。

如何使自己的人生更加辉煌，生活更加灿烂，生命更有价值，是摆在我们面前的一道永恒的课题。因为生活之变数，犹如山间之溪水，易涨易落，变化无常。

（二）荣与辱

“荣”与“辱”伴随着整个人生。每个人都希望得到“荣”，免受“辱”，那么，什么是真正的“荣”，什么是真正的“辱”呢？不同的时代有不同的答案，不同的人有不同的诠释。陶渊明不为五斗米折腰，李白不摧眉折腰事权贵，顾炎武不做清朝的高官，林则徐："苟利国家生死以，岂因祸福避趋之。"

"荣"与"辱"不是一成不变的，在一定的条件下可以互相转化。萧伯纳说过：每个人都会在生活中受到"辱"，但只要把"辱"作为鞭策自己前进的动力，便会摆脱"辱"，最终获得"荣"。一个人具有怎样的荣辱观，便决定了他会成为怎样的一个人。对于积极的人来说，所谓"荣"与"辱"，就是反对无所作为、不劳而获，提倡奋发向上，努力为祖国和人民贡献出自己的聪明才智。

"宠辱不惊，闲看庭前花开花落；去留无意，漫随天外云卷云舒"是人生的另一种境界。在人生漫漫征途中，这也是人生韵律的力与美、抑扬与顿挫。

（三）进与退

生活如打仗，都应有进退。如果一直只进不退，或者只退不进，都容易遭受挫折和失败。

一般来说，进比退好，但是当该退而不该进的时候，退则是必须的，这时退一步可能会进两步。春秋时，晋、楚兵遇中原，晋兵后退九十里，谓之报楚王相礼之恩，却在地形、人心上获得了绝对的优势，最终大胜。这就是成语"退避三舍"的典故。

其实，在生活中，有时退就是进。"手把青秧插满田，低头便见水中天。六根清净方为道，退步原来是向前。"布袋和尚的这首诗道出了其中的哲理。

人生不如意十之八九。事业的失败、名利的得失、权位的失衡，这就是佛教所说的“无常”。我们不必过于忧伤，不必过于拘泥于眼前的得失，不必过于看重昔日的权势。要把“无常”变成人生的正能量。“神马都是浮云”，凡事“退一步海阔天空”，“塞翁失马，焉知非福”呢?

有进也有退，进退自如，也是生活中的韵律与和谐。

(四)贫贱与富贵

富贵，人人皆喜。贫贱，人人皆怨。然而这个世界上，毕竟是富贵之人少，而贫贱之人多。

如何看待贫贱与富贵?孔子曰：“富贵如可求，随执鞭之事，吾亦为之。如不可求，则从吾所好。”庄子把富贵看如儿戏。楚威王知道庄子很有本事，就派人带了厚币去接他，还许他为宰相。庄子笑曰：“千金，重利；卿相，尊位也。子独不见郊祭之牺牛乎?养食之数岁，衣以文绣，以人大庙。当是之时，虽欲为孤豚，岂可得乎?子亟去，无污我。我宁游戏污渎之中自快，无为有国所羁。终身不仕，以快吾志。”颜回“一箪食，一瓢饮，在陋巷。人不堪其忧，回也不改其乐”。

富贵与贫贱，是一种生活的状态，是一种人生的态度。不是富贵的人就快乐、宁静、安详，贫贱的人就烦恼、痛苦、忧伤。恰恰相反，不少富贵的人，终日因为精神的空虚而痛苦烦恼。而不乏贫贱之人，却因为精神的充实而快乐。

现代社会，物欲横流。不少人拼命地追逐物质与金钱，追求刺激与奢华，追捧名利与权势，到头来内心空虚，两手空空。我们要学会放下，学会用良好的心态看待贫贱与富贵，看待人生与社会。“面对同样的半杯水，悲观者会伤心于杯子的一半是空的，而乐观者会满足于杯子的一半是满的。”

无论贫贱也罢，富贵也好，做到“素富贵，行乎富贵．素贫贱，行乎贫贱”是最重要的。不论身居何位，身处何室，只有行社会有用之事，做社会有用之人，才是人生的主旋律、时代的最强音。

感悟“三十七”

三十七年过去，弹指一挥间。

三十七年前我们离开家乡去山东。记得那天很冷，天空飘着雪花，离开父母、亲人踏上了遥远的北国之路。第一次坐上闷罐车，在鹰潭兵站感受了新兵的滋味，当三天三夜后到达潍坊时，心中油然地有一种背井离乡的苦楚，对未来的迷茫……好在我们军营的战友、首长的教育、关心、帮助，使我从一个农村不懂事的青年一步一步走来，走向成熟，走向社会，生儿育女。虽然没有什么成就，但在每一个岗位上都能尽心尽力。经常提起人要学会感恩，这是人类一种高尚的情操，我提倡人应“胸怀报国志，常存感恩心”，这感恩就应当感恩我们的部队，我们的军营，我们身边的战友和关心过我们的首长和亲人。

如果还有三十七年，那我将有 92 岁高龄。按老说法叫耄耋之年，想一想耄耋之年对古人来说已是极大幸福了，不是每一个人都能享有这种幸福。

三十七年前的事情历历在目，连清冽的寒风和飘逝的雪花都好像没有散尽。人的记忆太可怕，一则新闻、一个数据就能轻易地把我拽回三十七年前，拽回到遥远而亲近的青春岁月。

人怕站在一个中心点向两头看，一头看得清楚，风华正茂；另一头看不清楚，如有也是耄耋昏聩，风烛残年，过去形容料峭春寒时常用“乍暖还寒”一词，比较贴切。

俗话说：“一等人忠臣孝子，两件事读书做事。”做对国家有用的人，做对家庭有责任的人，好读书能受用一生，认真工作一辈子有饭吃；做普通人，干正经事，可以爱小零钱，但要有大胸怀。

人生美景需要等得起

生命必须留有缝隙，阳光才能照进来。这很像被日本称为“杂物管理咨询师”的山下英子提出的“断舍离”的概念。“断舍离”，一言以蔽之，就是通过收拾物品来了解自己，整理自己内心的混沌，最终实现对自己的深入了解，让生活更舒适、更简洁。

其实，“断舍离”是在示范一种做减法的生活方式与人生态度。这点很像我们中国人常说的“清空生活”或者“慢生活”的态度。毕竟，生活不光是效率，生活也是品质。每个人都想获得应有的尊重，而“慢生活”无疑会让每个人都觉得他的自我和尊严得到尊重。

在这个极速追求效率、讲求成功的时代，慢生活这个形态和社会发展可以有一个平衡的、彼此相容的空间。就如同真正的教育理应开阔人的视野，温暖人的心灵，增加人的社会关怀，提升人的境界，让人看到人生也好，社会也好，都有希望，都有梦想，且值得我们为之努力。比如，真正的教育，应该是真实的生命交流，有情感，有理想，有美，有爱。

其实，快慢是事物发展的两面，不可或缺，互有优劣。生活快是手段，为的是效率；生活慢是目的，为的是品质。古人云，静生慧。一个规模化生产的陶制品只有几块钱，而一个陶艺大师历久精制的紫砂作品可能上万，这便是慢之价值所在。当许多大学教授都争功近利、心浮气躁的时候，一些中科院学者仍不改传统，甚至有意不用手机，远离科技诱惑，平心静气地做出杰出的成就。

你想过普通的生活，就会遇到普通的挫折。你想过上最好的生活，就一定会遇上最强的伤害。这世界很公平，你想要最好，就一定会给你最痛。能闯过去，你就是赢家；闯不过去，那就乖乖地退回去做个普通的人。因为，人生的美景需要等得起。

马年随想

伫立在思维里看时间流逝，扑面而来的是一块块记忆的碎片。你看，我就像一轮疲惫的夕阳，拖曳着沧桑，沿着金蛇的隧道，跨进马年的门槛。

回首往事，生命流程中，既有光鲜如玉、五颜六色的泡沫，也有暗淡如黄、模糊不清的老照片。但最终，却随风而逝。清晨醒来，推开窗户，一阵冷风迎面袭来，吹在脸上生疼。昨夜一场冬雨，湿漉漉的地面上铺着一层落叶，我能想象它们离开枝头的瞬间，曾有过怎样的不舍和疼痛。

那一刻，我的思绪也如片片落叶，从心的枝头滑落，真切地感到时间的无形。但仰起头，看院中的那棵老树，老树上的鸟巢，已在时光中站成永恒。所有的浮华终会散去，荣辱皆忘，什么都不惧怕，更显出铮铮风骨。如织的天空虽然显得有些空旷寂寥，但耳畔似乎传来春的脚步声，漫天的风雪能否牵引出杜鹃如火的春天?

在这寒风瑟瑟的冬日，一切删繁就简，一切回归自然。昔日的繁华喧嚣都已远去，便有了深邃、空旷、恢宏之美。这种沉寂，其实是一种自省，一种坚守，一种沉淀，一种积蓄力量的过程。

都说人生苦短。但人生应该像院中这棵老树，不在乎繁华喧嚣，而在于顺应自然。佛说种因得果，相逢皆因有缘。失去的是过眼烟云，守住的才是积淀的情感。于是，淡然于得失，游刃于悲喜堪称是一种潇洒。它让我们怀着一颗感恩的心，对待人生的每一个阶段，正如那些挺立在寒风中的老树，在风雨中放开心扉，笑容在阳光下绽放。

读郭文斌的《寻找安详》

在这个纷繁复杂、快速变革的时代，人们最大的焦虑是什么？人生最大的快乐是什么？请读《寻找安详》一书，你一定能得到许多启迪和帮助，郭文斌同志以一位作家独特的眼光和宽广视角，从当代国人的心灵世界和精神成长历程，用宁静平和的语言、清静如水的文字和人生处世哲学的高度，告诉人们在快节奏的生活中找到当下感、喜悦感、享受感，转而去寻找安详，体会幸福，感悟人生。

“安详”一词，原是大乘佛教经典教义《般若心经》所推崇的一种境界，这部意为“抵达智慧彼岸”的经书强调“心无挂碍，远离颠倒梦想”，以求“除一切苦，心安则吉祥”，后来，“安详”逐渐引申为一种“怡然、包容、恬淡、平和”的处世哲学，成为人们以智慧引领生活、参禅悟道、孜孜以求的生活艺术。

从古至今，安详哲理，受到了上至文人士大夫，下至平民百姓的广泛认同，如“良田千顷，不过一日三餐；广厦万间，不过一榻之眠”“不以物喜，不以己悲”“非淡泊无以明志，非宁静无以致远”等这些闪耀着中华民族厚重的思想火花，教人在物质上安贫乐道、精神上丰盈拥有，使人活得自在、快乐、本色、自然，从而凝聚前行的力量，正如书中说道：“当一个人内心存在安详，仅仅从一餐一饮、半丝半缕中，就可以感受到世界上最大的幸福，否则，即使他拥有世界，也可能和幸福无缘。”安详告诉现代人，安详不在别处，安详在柴米油盐里，安详在平凡宇宙中，安详就在自己的身后，甚至就在转身之间，寻找安详，就是寻找一种使心灵充实、丰富、自由、纯净的社会主流意识，从而抚平社会大众急功近利、心浮气躁、焦虑迷茫、失衡偏激、怨天尤人等不良社会心态，理性看待收入差距，理性面对社会不公，大大降低社会关系调节的成本。

安详是幸福，是尊严：安详是花园，也是风景，安详是内心的幸福，如果一个人向外寻找幸福，生生世世也找不到幸福，现代人犯的一个最大错误是本身就开着幸福的车子却满世界去寻找幸福，最终把车子开爆了，却和幸福擦肩而过。

学会安详，用本真的心，坦然地面对生活，获取精神的自由和内在的富足，走自己脚下的路，哪怕没有留下脚印，但当你回头看时，依然欣慰。

（注：郭文斌，银川市文联主席，宁夏作家协会副主席，中国作家协会会员，著有畅销书《寻找安详》等，长篇《农历》，短篇《吉祥如意》《冬至》，散文《永远的堡子》等）

在路上

人生就像一次旅行，不必在乎目的地，而要在乎的是那沿途的风景以及看风景时的心情，我童年是在一个叫港下的山村小学上学的。学校到家的距离，不过是经过一个池塘，路过一片稻田，蹚过一条小河，不足千米。路上的风景，年复一年、日复一日地看过无数遍，脚下的石子都认得一清二楚了，可我，却总是把它走成万里长征。

很多年后的今天，我怎么也想不起来，为什么那时的自己如此贪恋在路上的感觉；也想不起来，那时的自己到底在路上看些什么、想些什么。

看看现在，渴望成功的我们，把生活的钟摆无限度地调快，坐飞机，乘高铁，上班有车接送，即使出去吃个饭，也随手招来出租车。我们总是选择最便捷快速的交通工具，直抵目的地，恨不得路根本就不存在。

一次出差，只买到一张普通火车票，十分懊恼，没想到，窗外不停变换的风景，宛如古诗词里的绵长画卷，一车人都被大自然挥洒的画卷震撼了，车厢里忽然静了下来，静得能够听见彼此的呼吸。

从此，我开始深深迷恋在路上的感觉。人生苦短，何必事事急、事事赶？直抵终点，似乎高效而成功，却不一定给我们幸福感。有时候，过程比结果更重要。那么，就让我们停下匆匆的脚步，在路上多停留一下，看看那些迷人的风景。

路是心的选择，心空晴朗，路也阳光；心空阴雨，路也缠绵；心空忧郁，路亦蒙蒙。它承载着每个人的酸、甜、苦、辣、喜、怒、哀、乐，人如一叶小舟，用心掌舵，希望指航，从容淡然地走过人生的四季，看江山如画，听岁月如歌，回归生命的本真，因为我们是行者，行者无疆，我们一直走在路上。

也说公平

天降瑞雪，乡村说，等于灌溉站免费给油菜、小麦田里浇了一回；城市在埋怨，天寒地冻，到处是摔伤、碰撞及车祸，公平的上帝坐在天堂，幽默地说，这是一次利益再分配，年关了，让小气的城里人，高收入的四脚兽出点血，给生活拮据的乡下人一点盼头；但说来说去又说到公务员，你看……

患“酒精肝”的同事，下乡蹲点回来后自嘲，百姓粗茶淡饭，身体好得像头牛；我们每天吃吃喝喝，以为占了多大便宜，其实赚了酒钱，却赔了身家性命，穷人家哪会有营养过剩再花钱抽油脂的麻烦事？上帝诙谐地说，这是局部调节个人所得税。

其实，上帝也只是想当然，一场大雪看似利多，统计数据显示：修车、医伤、保险，为防冻埋单的支出远远大于农业收益；公款转化为脂肪肝、酒精肝、糖尿病等诸多吃出来的病，贫困人家并未得到好处，只是天堂或地狱的门口像春运的车站多了些拥挤和喧嚣，天堂虽好，但人们似乎永远留恋在尘世更好。

天下事有好有坏，好事不能独吞，光想着好事，那好事可能在内部已经向坏的方面转化，俗话说甘蔗不能两头甜，与逻辑学的二难推论、道家感悟的“福兮祸所倚”，意思大抵相近。

天下事有难有易，难事居多，佛以为，苦和难皆与人的贪欲相连，期盼与兑现的落差加大了苦难的程度，人们抱怨生活的厄运，不能以平常心而待之，其实，即便是上帝也并不是万事通顺，如在安排时令节气时还常遇到闰年、闰月等头疼事。

天下的疾难源于公平法则的破坏，天上的为难在于公平法则的建立，归结到一点，皆难在天上人间都太想“公平”了，老天爷为不负公平公正的名节，处心积虑，为名所累，还常遭遇天下人的谴责：“老天不长眼。”吾辈凡夫俗子，奢望天下事处处公平公正，这怎么可能？精确点，凡世间事断无绝对的公平，实验室的电子天平秤是目前最先进的计量衡器，能称出分子的重量，试问，它能测定出两粒一样重的分子吗？即使两分子质量同等，还有各自无限可分的原子、中子、质子、电子……数以亿计的且无时不在裂变的庞大家族，如此先进的仪器都难定夺公平，何况那些不可用衡器来界定的复杂事务？因此说来，公平公正也只是相对而言，哲人说，世上没有两片同样的树叶，所以只有公平地对待“公平”才比较公平；公正地对待“公正”才相对公正，简言之，对人不要越过道德的底线和法律的框架，对事不要超出质变的临界点和强求的结果。

男人爱喝酒，三分下肚，神清气爽，陡生豪胆；

饮至七分，半醉半醒，飘然若仙；再添三分，便酩酊大醉不知今夕是何年了，“天子呼我不上船”的酒仙李白，在台湾诗人余光中的眼里：“酒入豪肠，七分酿成了月光，剩下的三分啸成剑气，绣口一吐就半个盛唐。”在采石附近的江面上，酒色迷惘的诗人，却把江波潋艳的月色错看为宫阙玉兔，诗兴大发地扑过去……万里长江顿时为之雀跃，波峰浪谷欢呼着充当卧铺载着他游向东海，酒使诗人成名，亦使诗人销魂，是公平？也许不公平？所以公平是心中的期盼，更是永远的向往。

一面永不褪色的旗帜

列夫.托尔斯泰曾说过：“不但感染性是艺术的一个肯定无疑的标志，而且感染的程度也是衡量艺术价值的唯一标准，感染越深，艺术则越优秀。”从这个意义上而言，影片《董存瑞》，无论是从感染力还是从感染程度来衡量，都不失为一部教益深远的形象教材，它就像一面高扬旗帜，召唤着中华儿女义无反顾地为祖国献出无限赤诚。

我曾经是一名军人，从走进军营的第一天起，接受的职责教育就是保卫祖国安全，不怕流血牺牲，也许是这种特殊的职业敏感，我们特别关注和渴望了解战争的残酷和悲壮；渴望感受英雄热爱祖国、热爱和平的炽热情感和与敌人搏斗视死如归的浩然气概，董存瑞在解放隆化城战斗中手托炸药包为战友们开辟道路英勇献身的壮烈行动，谁不为之赞叹和高歌，看罢《董存瑞》，我的思想、情感再一次掀起阵阵波澜，撼山易，撼解放军难呀！

人民战争和人民军队像一座丰富的矿藏，从中可以熔炼出更多、更好的艺术精品，希望中国的电影家们不断用新的视角，新的艺术手段，来反映中国历史上这段难忘的经历，让历史告诉未来，让人类珍惜和保卫和平。

古诗词的精美和魅力

中国五千年悠久古典文学，灿若辰星。在古典文化的沙龙中，很难想象，这些文学美得几乎让人感到震撼和窒息。我们的祖先，让我们不得不放下高傲的心，去真切感受中华古典文化的无穷魅力。

我们祖先流传下来许多的文字和文体，其中最有特色的、高度凝练的便是诗歌。一首诗，就是一篇文章，甚至一本书，古诗散发出一种让人难以抗拒的激情与冲动。

读诗，可以让我们成为一个有内涵的人。王维的诗中有画，“大漠孤烟直，长河落日圆”“明月松间照，清泉石上流”，这些脍炙人口的诗句并没有新奇的结构，奇特的想象，绚丽的情思，有的只是平淡如水、近似白话的语言，可却有一种难以言喻的惆怅和痛感。

其实，做人何尝不是这样呢？名名利利，熙熙攘攘，欲让自己金光闪闪，又想掩饰自己空白而自卑的心罢了。一个真正有才华的人，他并不需要那些外在的修饰，他只要站在那里，就是一种让人折服的气场和力度。

“清水出芙蓉，天然去雕饰”的美才是真正的心灵美。“人生如逆旅，我亦是行人。”偷得浮生半日闲，如蚍蜉于天地，沧海之一粟罢了，不若“人生得意须尽欢，莫使金樽空对月”的狂放，“天生我材必有用，千金散尽还复来”的自信，“归去，也无风雨也无晴”的淡然，他们活得随性，没有为世俗所累，不亦乐乎？

国学古诗，就像喝茶一样，初入口只觉苦涩，但却有绵长的回味，其间蕴含了无数做人的哲理。

诗词如歌，在平平仄仄中婉转悠扬，在抑扬顿挫里低回不尽，让人忘忧，使人开颜；诗词如画，在虫鱼鸟兽中描摹自然，在小桥流水中展现乾坤，为我们描绘出或凄美、或壮阔、或静谧、或热烈的绝美意境；诗词又像一位哲人，在历经千年后，向我们娓娓道来人生的真谛，激励我们面对挑战，抵御艰难，从容生活。

牙牙学语时，我们被父母教以“春眠不觉晓，处处闻啼鸟。夜来风雨声，花落知多少”，虽然不懂其意，但心中却有种异样的感觉；上小学时，我们背着手，昂着头，摇晃着脑袋朗诵“牧童骑黄牛，歌声振林樾。意欲捕鸣蝉，忽然闭口立”，个个都瞪着无知的双眼，乐在其中；至于现在，当我们在心中吟诵“良辰美景奈何天，赏心乐事谁家院”时，仍有一种异样的感觉—生活的沉重，情感的寄托，人情世故的无奈。

大概明白了这些学问，于是我们向往荒居野处的古人，携一张琴，捧一杯茶，于深山幽林之中偃仰啸歌，在千里澄江之上快乐垂钓。与自然融合，和天地共变幻，徜徉在大自然奇妙的景物中。我们欣赏陶渊明式的隐居，“采菊东篱下，悠然见南山”“山气日夕佳，飞鸟相与还”，淡观天边云卷云舒；更流连于苏轼“水风清，晚霞明”的初晴凤凰山，“淡妆浓抹总相宜”的西子湖畔……这些美若梦幻的文字，越过时光千年的尘嚣，仍然在散发着它独特的魅力，给我们带来无穷的遐想和启示。

秋临黄洲桥

在我的家乡崇仁县城，有一座横跨宝水，连通南北，无缝对接两岸百姓生活、商贸、出行的古桥——黄洲桥。

黄洲桥，既普通也特殊。普通的是当时建桥只是为了宝水两岸百姓出行便利和商贸需要，而特殊的是它历史悠久，工艺先进，更因为民族英雄文天祥为该桥题字为“黄洲桥”。崇仁县建县虽有1400多年历史，但保留下来的地标性文物，就只有这座960多年历史的黄洲桥。

提起桥梁，我们自然会想起我国历史悠久的赵州桥、卢沟桥，或是具有浓郁现代气息的长江大桥以及杭州湾的跨海大桥。但在我看来，黄洲桥是神圣的，它伴随我成长，在我心中是永远不可磨灭的一座桥。我参观过美国最著名的旧金山大桥，它位于阳光灿烂的西海岸，1937年完工，当时是世界最长的悬挂桥，总长约2719米，是建筑史上的一个奇迹。但在我心里总觉得家乡的小小黄洲桥能胜过世界上任何一座桥，青少年时，天天走过，日日不离，是你帮我渡过浅水、深湖、大海，送我远游，走向世界。因而它深深烙在我心里，是永远不可替代的一座桥。

说起黄洲桥，它的历史，它的沉浮，它的演变，它的沧桑，在历史文献里都做过比较详尽的描述。该桥始建于北宋(浮桥)，成形于南宋(石桥)，清道光年间才成为真正意义上的大桥。元明两代，屡修屡毁，直至新中国成立后的1965年，才真正扩建为八墩九孔钢筋水泥大桥，设计长139米，桥面加宽至10米，并增辟人行道，装置了华丽的桥栏和吊灯。但可惜的是1969年一场特大洪水将桥墩冲毁，桥面开裂，栏杆露筋，拱券断垣，基石坍塌，成为危桥。2014年，当地政府重新规划设计建设黄洲桥。为体现黄洲桥的历史文化传承，采用仿古设计，以留住乡愁和记忆。新建成黄洲桥桥梁长148米，为跨圆弧拱桥，桥面宽达22.5米，既不失现代城市特色，又体现出古桥的沧桑韵味，成为当地一道亮丽的风景线。当然，在建设过程中，众说纷纭，也属难免。可当我伫立新建的黄洲桥桥头，俯看潺潺河水时，一艘艘小船从桥孔下畅通而过，太阳光从雕砌的桥栏杆上轻轻滑落，薄薄地铺在地上，行人的脚印，一步一步，飘飘地走过，丝毫没有踏碎这流淌在地上的温暖。风从远处来，带些许微冷的凉，拂面过时，丝丝沁人皮肤的凉爽，一种惬意泛起。我一步踩着阳光，一步带着心思来到桥中间，远处眺望，我看到了水中的天，仿佛置身于无限的空阔之中。这时一只白鹭在水面扇动翅膀，来回盘旋，它是否在窥探水中鱼群的踪迹？深蓝浅蓝的天幕下，一群麻雀，悄悄站在长廊栏杆上，注视着一切。蓝天、碧水、飞鸟、车流、行人构成了一幅小城美景图。

每一座桥，都有着属于它本身的由来传说，黄洲桥也不例外。为何叫黄洲桥？崇仁民间有很多版本，但历代县志是这样记载的，崇仁县“乡贤传”中的第一人，北宋著名地理学家、文学家乐史曾在湖北黄州为官，曾撰写了影响很大的“黄州”诗篇，为了纪念乐史，就以“黄州”的名字命名崇仁大桥，而在历史的演变过程中，“州”字又误写成了“洲”字，所以就有了“黄洲”桥的名字。不过在1990年版的《崇仁县志》中发现了一组《崇仁十二景》的诗，署名是明代学者李绍春，其中有一景《黄洲沙月》的诗这样写道：“清夜看黄洲，沙明月如雪。不淘精光莹，匪浴皓魄洁。太宇相昭回，千古擅奇绝。好拟做沙堤，金莲不用爇。”这首诗说明，是黄洲桥桥下的沙洲名字叫黄洲，因此看来，黄洲桥的名字用的就是桥下沙洲的名字。那么黄洲桥下的沙洲又为什么叫“黄洲”呢？说是黄洲桥下的沙洲上曾经有个黄家村，黄家村的开基先祖就埋葬在这沙洲里，所以这片沙洲就取名叫了黄洲。这种记载我个人认为应该不是空穴来风，但时间久远，很难求证到真实的答案。况且，桥的名字和人的名字一样，只是个符号，关键是这座桥给历代老百姓带来的便利和福祉，也承载了厚重的崇仁历史和文化，见证了崇仁发展变化的过程。

同样的宝水，同样的秋风，只是人间已换，情景迥异。夕阳下，清澈的河水倒映着两岸繁华的街景，微风吹过，其乐融融。黄洲桥，这座连接崇仁历史与未来的通达之桥，愿她伴随崇仁百姓走进更加繁荣昌盛的新时代。

偶像的立与破

里约奥运会的菲尔普斯败给了他的粉丝斯库林。赛前，斯库林说自己感觉不错，只想拿到金牌，不然就是破世界纪录，拿到银牌、铜牌也都没有任何意义。他说已经做好“弑神”的准备：战胜偶像，才是他的终极目标。

这是个绝版的励志故事，它一定会作为草根逆袭的经典论据，被人们反复地引用和诠释，但也许会在反复的引用中失去最初也是最重要的意义：做神和弑神，都需要勇气，并且他们是亲密的敌人，他们的精神是焊接时最璀璨的火花。

崇拜偶像是人类一种传统的信仰或理想，有时也起着凝聚正能量和学习的榜样的作用。但偶像终究是用来打败的，像世间任何事物一样，都存在着新与旧，立与破。新偶像诞生，老偶像倒下，立是“破”来达到的，要达到“破”，需要勇气，需要仰望，需要韬光养晦，需要默默涵养，需要积蓄力量。而台上的偶像，也是在击败自己的偶像后立起来的，现在他需要战胜自我，需要打败自己，需要通过“破己”而“立己”，从而能继续引领，获得他人的仰望。

没有终结者，就像没有终极真理一样。菲尔普斯被他的粉丝斯库林战胜，詹姆斯·布朗会被他的粉丝迈克尔·杰克逊超越，卡夫卡会被他的粉丝马尔克斯刷新，飓风一样的迈克尔·约翰逊会被闪电般的博尔特甩开，伟大的菲戈会被他的粉丝C罗赶超，他替他完成了梦想。不用担心前人太过伟岸，是偶像就一定会被打败的，因为“江山代有才人出，各领风骚数百年”，一定会有挑战者，他们先是仰望、膜拜、学习，继而平视，再商榷、俯视，或者从某一个角度俯视，从而站在偶像的肩膀上，成为新的偶像。

人类的“争霸”与狮王争霸不同的是，前一任偶像的高度、宽度、深度、广度等，都会被留下，而不会被“吃掉”。它们将成为后人努力前行的“坐标”和记录历史的“界碑”。因为历史的“界碑”从来都是一个接着一个，纪录每天都在改写，所以偶像也是“后浪推前浪”，胜者固然光荣，败者虽败犹荣。

秦始皇曾经是三个人的偶像，即项羽、刘邦、陈胜。彼时，项羽粗豪地说道：“彼可取而代也！”刘邦却羡慕地说道：“大丈夫当如是也！”陈胜则按剑诘问：“王侯将相宁有种乎？”轻言妄为的项羽功败垂成，急欲抄底的陈胜格局难支，而惺惺相惜的刘邦，却完成了一统天下，造就了大汉几百年的基业。偶像是用来打败的，但偶像更是后人用来崇拜、学习、模仿的，在精神上，想打败偶像的粉丝与偶像应该是一脉相承。薪火相传，生生不息，这就是人类存在于宇宙的价值和尊严所在。

初冬里响起电话声

进入初冬时节，随着天气的转凉，无论是走在路上，还是坐在办公室里，都能感受到冬天将至的丝丝寒意；忙碌的生活一天天如此，无论多么精彩，也觉得越来越平淡。

有位哲人说，能将平淡的生活，过得有滋有味，过得轰轰烈烈，才是人生的最高境界。虽然我达不到哲人的这种境界，但是，安居生活一角，享受生活带给我的每一处精彩的瞬间，我还是非常珍惜这样的岁月—看看书，写写字，或者走进自然，用镜头采集几抹初冬的色彩，也是一种不错的享受。只是，这样的生活没有多少精彩，但是也不乏味。

初冬的季节，许多人是不喜欢的。所以很多富人和贵人像候鸟，这时候已经南下在享受暖冬阳光了。虽然诗人雪莱那句“冬天到了，春天还会远吗？”名言蕴含着希冀和自信，但冬天毕竟没有秋的色彩、夏的奔放，没有生命的新绿，眼里看到的只是满目萧瑟：一棵棵树木，在寒风中哀鸣；凋零的落叶，似乎在依恋，在找寻，在远行，漫无目的，随风飘荡；枝头上几片金黄的银杏叶，在寒风中挣扎，恋恋不舍……季节的轮回，世界瞬间变得荒凉了许多，这样的季节，好的景色不多，只好独自伫立窗前，回忆往事，思绪远方。突然，接到老同学的电话通知，说是本月礼拜六，分别30多年的军校同学回学校聚会。听到这个消息我确实有些激动，心中有许多感慨，点燃了我30多年埋藏在心中的那点回忆和期盼。

30多年前的军校生活，酸甜苦辣蓦然涌上心头，尘封已久的记忆打开了闸门。因为家庭贫困，当兵时只读过初中，不知是当时接兵部队的连长马虎，还是公社武装部的同志有意要送文化程度高的人去部队，反正我入伍政审表填了个“高中”。新兵连登记时，我发现表格中自己是个“高中生”，心里忐忑不安，七上八下。为了名副其实和不“欺骗”组织，新兵连训练三个月后，下到老连队时，我通过指导员介绍，每个星期天和节假日都到当地中学李老师家补习高中课程，三年后考试，真正地拿了个高中毕业证。1979年部队提干制度改革，不再从士兵中直接提干，要提干必须先上军校，我稀里糊涂又考了个全师“第一名”，进了北京某军事指挥学院，从乡下人变成了城里人，而且读书的地方是全国的首都，心情万分愉悦，脸上无尚荣光。记得当兵前，我连抚州都没去过，县城也是13岁那年，班上有个同学亲戚在崇仁火车站工作，好说歹说赖着他带我到火车站看火车到底是什么样子。我带着一种喜悦跨进军校门槛，映入眼帘的便是站在校门口那笔直的哨兵，学院里办公楼里是一栋有着50多年历史的老红楼房，红五星嵌在大楼中央很显眼。到学校后，队长便带着我们学员去领军装，当我们穿上笔挺的军装、黝黑的皮鞋和戴上那大大的大檐帽时，那心里是何等的激动啊！穿上崭新的军装跑到楼道中央的军容镜前，对着镜子左照右照看着自己傻傻的模样，我简直不相信那是真正的自己，镜子里面这个充满朝气、英俊潇洒的军人真的是我吗？可是穿上了这身军装，就意味着要肩负起更重要的责任。军校生活是严格的，也是枯燥的。每天都做着一样的事情，早晨上课，学员队要走得十分整齐，要不被学院里那些“兵爷爷”(纠察)纠到了就要全院通报，那是十分丢脸的事情，全队人员要因此受罚的。几乎每天都要扫地，其实就是捡树叶之类的事，还要拔草，搞的那个小草也整个“寸头”，看到就想笑。在校园里走路是有规定的，三人成行，四人成队，不能勾肩搭背，不能手拉手，如果被纠察抓到了，就要被登记，还要交学员证，最后呢就等着被队长收拾吧。最麻烦的是整理内务，被子要叠成豆腐块，蚊帐垂线要竖直，小板凳的腿要对齐，床架的角不能有灰，茶缸里不能有茶！饭前要唱歌，声音不洪亮是进不了饭堂的，好不容易盼到星期天休息，学校又要组织学员军民共建，到颐和园和香山公园打扫卫生和维护秩序。如果说人生是一个大的轮回的话，那么这两年的军校生涯就是我轮回轨迹上最刻骨铭心的一段，我的一生从此为之改变。军校是个大熔炉，我体会到了它的炽热和残酷；体会到了那震天响的番号声，那撼人心的正步声，那嘹亮的歌声；体会到了我的老师和同学们用金子般的友谊铸就的桥，让我走向成熟，引我前行……

冬日的暖阳已洒落窗棂，母校的回忆、军校的生活此时已装满了我的心扉，她可以让时光断流，使岁月不老。人生是一条弧线的轨迹，这轨道便是循着太阳起落的路线。有了骄阳，这个冬天一定胜似春天。

年，越来越近

年，越来越近
心，却茫然不安
一年又一年
从指尖悄然流失
增长的只有年龄

不知从何时起
过年
不再是一种渴盼和喜悦
早已沦落成一种负担和劳累
过年还在唱
难忘今宵
却再也找不回儿时的那种心情
不变的是日出日落的一年四季
变了的是苍老的容颜
岁月是一把无情的刀
在我们心上
留下了或深或浅的痕迹……
一辈子真的不长
该珍惜的彼此珍惜吧！

人到中年

前为年迈的父母担忧
后为尚小的孩子操心
前看后望皆是茫茫
老人的晚年
孩子的未来

家庭的责任
中年的我必须一肩挑起
中年的我
才真正明白上有老下有小的滋味
才真实感受到肩头纤绳的分量
中年的我必须向前
家人需要我依赖我
我是他们的支柱
再苦再累我也决不能倒下
中年的我学会了理解和接受
不再厌烦父母的唠叨
不再烦恼孩子的顶撞
用辛劳换来父母的安康
用汗水换来孩子的成长
谁说这不是人生的成功
谁说这不算中年的辉煌
身为中年人
不论我多么卑微平凡
只要我挑起了这份责任的重担
我就是一座令人仰慕的山

不争是最大的赢取

中国人喜欢把时间拉长地看问题的方式很有辩证的眼光，比如在争与让的问题上，就认为不争是最大的赢取。

为什么不争是最大的赢取？举一个简单的例子，你与别人做生意能挣 10 块钱，砍砍价最后能挣到 15 块钱，结果人家觉得你这个人矫情，很精明，以后也许不会再来找你。如果你不砍价，很爽快，过两天他可能还会来找你，因为他觉得你痛快，如此一来，形成长期合作，这比一锤子买卖 15 块钱要划算得多。

这一让一争之间结果截然不同，因为你的谦让体现的是一种对他人的尊重。我们无论做什么事都要充分估量对方的成本，让一让，就是承认别人的劳动、奋斗、思考、学习的价值。如果只是高看自己的成本就会轻视别人，在中国就是不给别人面子。充分地尊重别人，在中国文化里就是给了别人很多面子，给了面子，所有事情迎刃而解，这是中国文化一整套处理事情的方法，即降低自己而抬高别人。

不争是最大的赢取，这句话的另一层深意则是：所谓的不争是不针锋相对的争，不争左而争右，不争上而争下，不争今而争明，跟别人错开，人取我予，人予我取。人家要的我给他，看起来很傻很笨，但如果拉长时间看，事情就完全不同了。还以做生意为例，当所有人都争着去做一件事的时候，再肥的肉也没有什么油水可捞了，这时候的争是愚蠢的，因为竞争太强。相反，你在谁也看不上眼的领域每天赚一点，集腋成裘，虽然很难很慢，但你竞争对手少，而且慢慢地他们也都退出了，这样日复一日、年复一年，你成功的概率是百分之百。这正是不争的智慧所在。

此外，这种不争，除了避其锋芒外，还体现一种胸怀，一种自信，一种成熟。凡是与人争的人都是不自信，生怕别人拿走；对未来充满信心和追求的人才会谦让，你想拿就拿，想取就取，反正我有的是。

岁月留韵

十年栉风沐雨，十年春华秋实。《千古风》这一棵文学幼苗在广大读者、作者、编者的呵护、浇灌、辛勤培育下，已茁壮成长，读者反响颇好，形象颇佳。

十年来，可以说《千古风》与我一路结伴同行。她向我洞开了一扇明亮的“窗户”，通过她使我更深刻地认识、了解和熟悉发生巨大变化的乐安。她在我面前展现了文化底蕴深厚、神奇古老又绚丽多姿的乐安。她同时又是一块肥沃的土地和培养、孕育文学人才的“摇篮”。我和许多作者一样，在这块土地上耕耘劳作，收获了丰收的喜悦。

文化是沟通人与人心灵和情感的桥梁，是人与人加强理解和信任的纽带。时光流逝和时代变迁，许多人物和事件都会变成历史，但文化却永远存在，历久弥新，并长时间地影响人们的思想和生活。但当下是一个快餐文化冲击的时代，特别是互联网的加人和存在，《千古风》能一如既往地秉承对理想的膜拜，执着对办刊宗旨的追求；能用任凭弱水三千只饮一瓢的毅力给予我们渴望的精神食粮，实属不易。有一首诗是这样说的：“定力坚心铁样牢，浮名虚利如烟飘。任他俗议说三四，珍重斯文慰寂寥。”这就是精神的力量和《千古风》的精髓。

好书、好刊物、好文章，往往都有其灵性。读者品味，往往能一眼看穿其长得是“秀外慧中”还是“大气磅礴”。是适合小女子私下传阅还是一鼓作气朗朗快读，无疑是对其“灵性”的验证。《千古风》正是凭着对其“灵性”进行不断的探索和追求，得到了读者的认可，赢得了众多的喝彩声。

十年走过，弹指一挥间。道路又将伸向前方，任重道远。站在新的历史起点上，面对如火如荼、日新月异变化的新乐安，每一个乐安人都应该为之给力、加油。祝愿《千古风》在坚守社会核心价值体系、弘扬中华民族先进文化和乐安精神中扬起新的风帆，不断前行，走得更快更远。

落叶知秋

中秋佳节，我没有选择周边游玩，也没有会亲访友，而是选择了很惬意地在网上读书。很长时间没有像今天这样全神贯注过，目不转睛，近乎如饥似渴了，从早上到傍晚，连续七八个小时，除了吃饭，就没有离开过电脑。开始老花的眼睛已感到疲惫不堪，字不入脑，魂不守舍，生物钟强烈地提醒我，该休息了，正好也到了晚练的时候。于是，我伸伸懒腰，走出书斋，迈开双腿，大步流星地走在繁华的大街，穿过川流不息的车辆人群，漫步热闹的森林公园。

本来今晚应该是来“赏月”的，可今年的“莫兰蒂”的淫威仍在继续影响着出行，小雨夹着秋风把落叶吹得漫天飞舞，落在行人的头上、身上，忙得环卫工人不停地打扫、清除，且埋怨这场秋风太猖狂。现在，风小了，吹在脸上，凉凉的；吹在身上，寒寒的。走在公园的树荫下，不时还有苍黄的树叶被风吹下，正好落在我的头上，我赶紧把它拿在手上，一边小心翼翼地仔细观赏着叶脉纹路，一边大脑中不时地提出疑问：为什么有的树叶会由绿变黄，有的会由绿变红呢？为什么它会落叶呢？我就像涉世不深、知识贫乏的懵懂少年，正在苦苦思索的同时，急切地寻找答案。哦，想起来了，原来，落叶变色都是一种再平常不过的自然现象，就像自然界有一年四季的春夏秋冬、雾霜雨雪、风云雷电一样，它是地球上生物树木花草必须遵循的自然规律，没有任何神秘可言。

古人云："枯木逢春，落叶知秋。"我理解的意思是到了春天，即使是干枯一冬的树木，也会发芽、生根、长出绿叶；绿色的树叶变黄落下，表明季节已到秋天了。"枯木逢春"寓意希望美好和未来，时来运转、逢凶化吉，蕴含重新开始，前途一片光明。"落叶知秋"如同"一叶知秋"，则寓意悲凉和忧伤，情绪低落，窥一斑知全豹，蕴含"无可奈何花落去""萧瑟秋风今又是"，换了季节的慨叹！这样理解可能偏颇，意义过于消极，假若用积极向上的心态去赏析的话，"落叶知秋"的寓意应该是丰收、吉祥、硕果累累；蕴含春华秋实、时序更替、季节变换的因果关系。

再过几天，就要到"寒露"节气，中秋已过，晚秋将至，这是不以人们意志为转移的客观规律，即时令变化。谁也挡不住绿叶如茵变苍黄，谁也挡不住“无边落木萧萧下”。在这个“落叶知秋”的季节里，我们只能从“金秋送爽”的怡人气候，从“春华秋实”的丰收喜悦去欣赏秋韵。期盼秋姑娘引吭高歌，给我们咏唱灿烂秋光的万物普照和“不是春光，胜似春光”的生机活力；赞颂“年年丰收，岁岁满仓”的幸福滋味。让秋姑娘浓墨重彩为我们描绘更多妖娆多姿的秋色，书写更好美丽清新的秋景。

落叶知秋秋分早，大雁南飞谷雨迟，四季更迭天注定，岁月如梭常忆往。人生至秋。像四季一样，人生是一个无时不在变化的过程，金钱名利都不是人生目标，一个心理健康的人，能泰然面对生活中诸多不肯定和复杂纷繁，关注社会，直面现实，尽职尽责，超越自我，你就会感到生命的每一阶段都芬芳无比，包括人生向晚的秋境。风光无限，秋色正浓，这正如，景在秋天，人在秋里，景景交融，美美与共，让我们珍惜时光，守住勤劳，记住秋天。

后 记

编完这本集子，我总感觉还有话要说。

何为幸福？就是人人都渴望和追求那种让人心情舒畅、称心如意的境遇和生活。实际上，首先，幸福因人而异。伟大的政治家不仅为自己的国家、民族建立功勋伟业，还想为人类文明进步而多做贡献，这是他心里渴望的幸福；而作为一名普通劳动者所渴望的幸福不过是辛勤劳作后的丰收和殷实的日子。教师以为社会培育有用人才为幸福；战士以保家卫国而献身为幸福；科学家以在自己所迷醉的科研领域中驰骋为幸福；国家公职人员以自己能为人民服务为幸福；贪婪的商人当然视巨额利润为最大幸福；赌徒自想大把大把地赢钱。一个懒惰的富二代小伙子曾一点都不难为情地对我说，如果什么活也不用干，手里有很多钱，想怎么吃喝玩乐就怎么吃喝玩乐，那就太幸福了。其次，在人的不同人生阶段，对幸福也会有不同的理解和企盼。对天真烂漫的孩子来说，跟着父母出游，得到一件漂亮的衣服、一件精美的玩具、一些可口的食品点心，就很容易满足他们对幸福的渴望。对刚刚成年的年轻人而言，成绩优异，学业有成，异性爱恋，网上遨游，往往都是他们所憧憬的幸福。至于老年人，那“健康是金，平安是福”也就道出了他们对幸福的诠释了。可幸福和不幸，其实融注在人们每天的日子里。幸福更多是一种心灵深处的微妙感受。在你颓丧无助时，路人的一个微笑、一句问候，都会带给你幸福；幸福是你口渴难耐时一捧甘甜的泉水；幸福是你筋疲力尽时一张松软的大床；幸福是你孤寂时一封远方的素笺；幸福是你噩梦后一张慈祥的笑脸。幸福是一种心态，幸福是一种知足。只有知足才会感到快乐，只有心灵宁静者才时时处处感到幸福。

知足者常乐，你任何时候回头，都有一路的故事。低头，有坚定的脚步；抬头，有清晰的远方。当然幸福要懂得珍惜，不懂得珍惜，守着金山也不会快乐；幸福要懂得宽容，不懂得宽容，朋友再多也终将离去。有望得到的要努力；无望得到的别介意；再烦也别忘记微笑；再急也要注意语气；再苦也不要忘记坚持；再累也要爱惜自己；成功时不能忘记过去；失败时要想到还有未来。打开幸福之门的钥匙：口中有德，目中有人，心中有爱，行中有善。

“人生有度方坦然，坦然方能度人生。”这是原中共广东省委顾问委员会主任、老红军寇庆延前辈在105岁生日时对记者说的一句话。我深深感到他老人家对幸福的理解是多么精辟，多么简单。纵览我一生所走过的路，尽管坎坎坷坷，但我始终坚定一种信念，那就是渴望幸福，懂得知足，永远相信不管自己再平凡，都会拥有属于自己的幸福和灿烂的风景。

非常感谢我的至爱亲朋，一路上，他们对我关怀备至，对我的选择，不理解时为我担忧惋惜，理解时为我点赞叫好；有成绩时鼓舞我，遭坎坷时鼓励我；遇困难时同划策，见不平时共愤慨。感谢我的领导和同事，牵着我的手，把我从山沟里走出来的一个农家子弟培育成一名国家公务员，才使我懂得：下雨了，才知道谁会给你送伞；遇事了，才知道谁对你真心。

在撰写成书及出版过程中，得到诸多师长和文友的关心垂询，得到中国文联出版社和江西方志出版印刷有限公司的鼎力相助，特别是江西省原文联刘华主席，乐安县政协杨水生主席，乐安县人大陈国忠副主任，江西日报社王小林记者，抚州日报社总编辑黄小明先生、编辑周岚女士，乐安县人大刘斌、曾耀华、陈绿等同志也为本书的出版提供了帮助，在此一并表示感谢。

陈绍平

2017 年秋于乐安